JULES JANIN

ŒUVRES DIVERSES PUBLIÉES SOUS LA DIRECTION

DE M. A. DE LA FIZELIÈRE

BARNAVE

RÉIMPRIMÉ SUR L'ÉDITION ORIGINALE

TOME SECOND

PARIS

LIBRAIRIE DES BIBLIOPHILES

Rue Saint-Honoré, 338

M DCCC LXXVIII

ŒUVRES DIVERSES DE JULES JANIN

PUBLIÉES SOUS LA DIRECTION

DE M. ALBERT DE LA FIZELIÈRE

XII

BARNAVE

TOME II

– Il a été fait un tirage d'amateurs, ainsi composé :

300 exemplaires sur papier de Hollande (nos 51 à 350).
25   —   sur papier de Chine (nos 1 à 25).
25   —   sur papier Whatman (nos 26 à 50).

350 exemplaires, numérotés.

Tous les exemplaires de ce tirage sont ornés d'une
GRAVURE A L'EAU-FORTE DE M. ED. HÉDOUIN.

LA DÉFAITE

(Barnave, Ch. L.)

JULES JANIN

BARNAVE

RÉIMPRIMÉ SUR LA PREMIÈRE ÉDITION

TOME SECOND

PARIS

LIBRAIRIE DES BIBLIOPHILES

Rue Saint-Honoré, 338

—

M DCCC LXXVIII

BARNAVE

CHAPITRE XXXV.

POÉSIE.

In me tota ruens Venus
Cyprum deseruit.

HORACE.

Prenez ceci, je suis en fonds.

AUGUSTE BARBIER.

QUAND toutes les histoires furent achevées, on quitta la table : la société se répandit dans les salons, les hommes entourèrent les tables de jeu; la fête reprit une face nouvelle, et le plaisir, sous une autre forme, recommença avec plus d'énergie et de vigueur.

Je m'aperçus que plusieurs femmes, les plus intimes, qui avaient chuchoté toute la nuit, s'é-

taient réunies en cachette dans un salon retiré
dont Clary faisait les honneurs. Ce mystère m'in-
quiéta : je profitai de ma qualité d'étranger, et je
me glissai dans le salon, à tout hasard, sauf à
m'excuser plus tard sur mon ignorance des mœurs
et des usages du pays.

Dans cet endroit écarté, ces femmes, l'oreille
tendue et l'œil au guet, se parlaient tout bas,
entourant Clary et la serrant de fort près.

« Savez-vous enfin ce que le comte de Mirabeau
appela ses *victimes*, Clary? avez-vous pénétré ce
secret d'amour? avez-vous découvert le chiffre de
ses lettres? Que peut-il faire, dites-nous, de ces
roses desséchées qu'il garde avec tant de respect?
est-ce un gage, est-ce un souvenir d'amour,
ou bien de saintes reliques contre la goutte,
Clary? »

A toutes ces questions empressées et haletantes,
la jolie femme aurait eu de la peine à répondre.
On la regardait, on la questionnait à l'étouffer.
« Je n'ai trouvé, dit-elle, que ces vers ensevelis
sous des roses de quatre automnes, mais ce n'est
pas moi qui vous lirai ces vers. »

Il y eut plus d'un bras étendu vers Clary, et
l'on entendit de toutes parts : « Bonne Clary,
donne-nous ces vers!

— Nous sommes seules, Clary, » dit Mlle Olivier, tendant les deux mains avec un air suppliant.

A l'instant même où elle disait cela, je fus découvert par tous ces regards réunis; mon aspect jeta la contrainte sur ces visages tout à l'heure si animés.

Heureusement Clary me prit sous sa protection. « Oh! dit-elle, Mesdames, souffrez que monsieur soit des nôtres, ne soyons pas hospitalières à demi ; d'ailleurs, monsieur est étranger, et devant lui j'imagine que nous pouvons lire ces vers sans danger : monsieur le comte est Allemand. »

Alors Mlle Olivier, se plaçant au milieu du groupe, sur un tabouret assez bas et dans l'attitude du page Chérubin, jeta sur les vers ces yeux si spirituels et si beaux qui vous ont fait délirer dans votre jeunesse, vous tous qui êtes vieux aujourd'hui.

Il y eut un moment d'une indicible solennité.

La jolie femme, tenant dans ses mains ce papier jaune et humide encore : « Cela vient de Vincennes, dit-elle avec un soupir de pitié.

— Oui, de Vincennes, dit Clary, et du donjon encore ; et vous pardonnerez, Mesdames, à Mirabeau ce que sa poésie a de trop vif peut-être, en vous souvenant que ce sont les vers d'un prisonnier de dix-huit mois.

— Vous voulez que je vous lise ces vers? dit Mlle Olivier d'un air solennel.

— Nous le voulons! » s'écrièrent toutes les femmes.

Alors elle commença, et elle lut, non sans hésiter quelque peu, les vers suivants, que j'ai retenus malgré moi :

LES VICTIMES [1].

Sophie, ô mon amour, mon ange!
Vainement un pouvoir obscur
Nous a jetés comme la fange
Dans le fond d'un cloaque impur;
Du nom de fille repentie
On a beau flétrir ton destin;
Ah! va, ma grande pervertie,
Sophie, ô sublime catin!

Sous l'air pesant d'une bastille,
Dans les flancs d'un donjon armé,
Malgré la geôle avec sa grille,
Malgré mon cachot enfumé,
Malgré ma paillasse elle-même,
Malgré le froid de mes carreaux,
Je suis toujours libre, et je t'aime,
A la barbe de nos bourreaux!

1. Cette pièce de vers, d'une énergie étrange et passionnée, est de M. Auguste Barbier, l'immortel auteur des *Iambes*.

Va, je les brave et je les raille,
Car, en dépit de leurs tourments,
A travers barreaux et muraille,
Amour unit nos cœurs aimants :
Oui, tous les jours, à la même heure,
Le dieu vient soulager nos maux,
Et sa main, dans notre demeure,
Fait reluire encor ses flambeaux.

L'heure a sonné! divin prestige,
Sa voix d'airain brise mes fers!
Je sens peser comme un vertige
Sur mes yeux troublés et couverts :
Hors de ses gonds ma porte roule,
Bondit et tombe avec fracas;
Murs épais, donjon, tout s'écroule,
Et ma Sophie est dans mes bras.

Allons, que de nard on m'arrose,
Foin de la tristesse et des pleurs!
Enfants, des couronnes de rose,
Du vin, des coussins et des fleurs!
Qu'un ciel tout ivre nous éclaire.
Amour, empoisonne mes sens,
Et toi, Vénus la populaire,
A toi mon hymne et mon encens!

A toi cette fleur, ô déesse!
Je la jette sur ton autel.
Cette rose, c'est ma maîtresse,
Digne d'un dieu, d'un immortel;
Cette rose, c'est sa poitrine,
C'est sa cuisse au contour nerveux,

C'est sa peau, c'est l'odeur divine
Qui coule de ses bruns cheveux.

C'est toi tout entière, ô Sophie!
Quand ton corps souple et musculeux,
Sous ma grosse face bouffie,
Sous mon front large et pustuleux
Se débat et roule en délire;
Comme, dans le creux d'un ravin,
La nymphe sous son vieux satyre
Tout gonflé d'amour et de vin.

Va, tu n'es pas une Française,
Qui n'aime que du bout des dents;
Ton corps en prend tout à son aise,
Et tes baisers sont bien mordants.
Oh! viens, ma bacchante romaine,
Laisse mon bras te dérouler,
Laisse-moi boire ton haleine,
Laisse-moi te décheveler!

O dieu! que ma Sophie est belle
Quand le rouge lui monte au front!
Que de beautés son corps révèle
Dans cet instant sublime et prompt!
Son œil blanchit et s'illumine,
Et son flanc, plein de volupté,
Surpasse en ardeurs Messaline
Et l'antique lubricité.

Sophie!... ah! malheur et misère!
Le songe a fui rapidement,
Mon âme retombe à la terre,
Tout n'est qu'erreur, isolement :

Maintenant, morne et taciturne,
Loin de mes rêves étouffants,
Je suis triste comme Saturne
Qui vient d'immoler ses enfants...

Toutes les femmes s'entre-regardèrent, effrayées qu'elles étaient d'un amour qui parlait ainsi. Hélas ! c'était le dernier reflet de cette passion d'amour qui avait fait Louis XIV, Louis XV, Diderot et Mirabeau.

CHAPITRE XXXVI.

LE JEU.

> On est grand homme à propos de
> tout ou à propos de rien.
>
> CHAMPCENET.

> A la manière dont il a pris les dés,
> je me suis dit : « Il a du cœur. »
>
> FRÉDÉRIC SOULIÉ.

CEPENDANT Mirabeau, qui se doutait peu de cette lecture, s'était mis au jeu, attendant le retour de Clary. A dire vrai, le jeu n'était pas dans les habitudes de Mirabeau; mais une fois qu'il en avait senti le premier aiguillon, il portait dans ce frivole amusement toute la fougue de son caractère; il en était du jeu comme de l'amour, comme de la colère, comme de toutes les passions de son âme : une fois lancé, on ne savait plus où il s'arrêtait.

Je vis jouer Mirabeau ce soir-là, tant était grand

le hasard qui me servait! Il est impossible de dire
quel était le sang-froid de cet étrange joueur au
milieu des pertes les plus acharnées : l'or glissait
dans ses mains avec une rapidité effrayante, et sa
figure restait calme et tranquille; une fortune
était étalée sur le tapis, soumise au hasard d'un
roi de trèfle ou de cœur : vous auriez dit, à voir
cet homme plaisanter, qu'il jouait la fortune d'un
autre. Et il faut rendre justice à tous les joueurs,
presque tous avaient le même sang-froid. Cette société perdue et blasée cherchait encore quelques
secousses âcres et nerveuses dans les terreurs de
ce hasard effréné. A peine échappés à la tutelle
paternelle, ces jeunes gens jouaient sur une carte
leur fortune, leur avenir; ils auraient joué jusqu'au nom de leur père, qu'ils avaient souillé et
dont leurs maîtresses elles-mêmes ne voulaient
plus.

Voyez-vous, on ne sait plus ce que c'est que
jouer en France; l'Allemagne ne le sait pas encore. Au temps de Mirabeau, un homme appor-
tait à l'Académie tout ce qu'il avait de fortune
personnelle, toute la fortune de son père et de sa
mère, tout son crédit, tout leur crédit, les biens
de ses enfants ou de ses pupilles : il jouait tout
cela en quelques heures; il jouait sa femme,
quand elle était jolie; il jouait sa maîtresse, belle

ou non; il jouait ses chevaux; il se jouait lui-
même; il jouait tout ce qu'on peut jouer. Ce qui
était noble et beau, quand tout était fini, c'était
de sourire. Mirabeau, arrivé à tout perdre, ne
riait pas; mais, comme je l'ai dit, il était calme;
et ainsi ruiné, abattu, peut-être inquiet pour le
lendemain, c'était un homme intéressant à voir.
C'est ainsi que je vis Mirabeau.

Il jouait, et quand Clary fut revenue à ses côtés,
cachant dans son sein les vers brûlants, il embras-
sait les mains de Clary; il perdait et il racontait
les anecdotes qu'il avait apprises chez la belle
Mme Lejay, cette femme si bonne, d'un si noble cœur et qui l'aimait tant! Il perdait, et, un
crayon à la main, il écrivait sur une carte déchirée
les principaux passages de son discours du lendemain, ou bien il dictait son journal. Tour à tour
joueur et amoureux, orateur et joueur, politique
et joueur, joueur toujours, aimant le jeu pour
lui-même, non pour le gain, entassant l'or devant
soi sans méthode et sans calcul quand il était en
veine, et aussi désolé que s'il avait perdu : car
gagnant, des émotions du jeu il n'avait qu'une
émotion imparfaite. La belle émotion, la véritable
émotion que cherchent les vrais joueurs au fond
de l'âme, et dont ils ne se rendent pas compte à
eux-mêmes, c'est l'émotion de l'homme qui se

ruine, qui s'abîme, qui se tue, qui se déchire le
sein de ses ongles, qui voit disparaître jusqu'à son
dernier écu, et qui vend sa voiture pour pouvoir
prendre un cabriolet de place en rentrant chez lui.

La perte, voilà ce qui fait le joueur. Si l'on
n'était pas assuré de perdre, confusément assuré
de se ruiner tôt ou tard, il n'y aurait pas de
joueurs, il n'y aurait que des escrocs. Aussi Mirabeau éprouvait-il avec délices ces poignants
retours de la fortune : insouciant quand il était
favorisé par le sort, ce qui était rare ; beau joueur,
mais passionné, quand il était en butte à la fortune, ce qui arrivait souvent.

Mais, gagnant ou perdant, le premier venu
avait droit de puiser au monceau : la bourse de
Mirabeau devenu riche était ouverte à tout hasard ; on lui empruntait la moitié de sa réserve,
il la donnait tout entière. Mirabeau, pauvre, était
ainsi fait : il puisait dans toutes les bourses, sans
se souvenir le lendemain quelle bourse s'était
ouverte pour lui la veille ; une fois qu'il fut riche,
il devint le prêteur universel. Admirable instinct
de cet homme si bon et si généreux, qui avait tout
oublié de sa vie passée, si ce n'est qu'il avait contracté des dettes éternelles dont il devait se souvenir toujours, non pas seulement à propos de
l'infortune, mais à propos de la prodigalité la

plus folle, à propos des plus inexcusables passions, à propos des plus étranges folies. Il fut
ainsi toute sa vie, donnant tout, prodiguant tout
ce qu'il avait au premier venu, reconnaissant des
créanciers dans tous les hommes qui lui tendaient
la main, lui qui n'avait jamais voulu reconnaître
ses créanciers véritables. J'avoue que Mirabeau,
jetant au hasard sa fortune et celle de ses amis,
m'étonna d'abord, et qu'il me rendit jaloux ensuite
quand j'y eus mieux réfléchi. Nous étions alors dans
un siècle moraliste, moraliste comme Sénèque l'usu-
rier. On discutait beaucoup sur la tempérance, sur la
charité, sur la chasteté, sur toutes les vertus qui
n'étaient plus en usage ; surtout on attaquait avec
amertume la passion du jeu, on la représentait
sous d'atroces couleurs ; on montrait sur la scène
un joueur sur le point de poignarder son enfant,
le jeu étant à l'index presque autant que la religion. Cela me rassura d'abord ; je voulus d'abord
faire comme les autres, et mépriser à mon aise
ces intrépides combattants qui défiaient le hasard,
ces fous sublimes qui s'attaquaient à une divinité
aveugle et de sang-froid : vains efforts ! Je sentis
qu'en dépréciant les joueurs, en m'efforçant de les
mépriser, je faisais l'action d'un lâche. Malgré moi
je m'avouai qu'il fallait un grand courage pour
livrer ainsi aux caprices du sort tout son avenir ;

je me demandai solennellement si je voudrais jouer mon château de Brunswick, et, à cette idée que je pourrais le perdre, je me sentis pâlir, et je fus forcé d'admirer Mirabeau joueur!

Oui, le jeu, comme l'amour, est une supériorité sociale. Le jeu, c'est le plus acharné des duels, c'est le plus coupable des duels, c'est un combat à mort dont on ne meurt pas toujours, mais dont on sort ruiné, aboli, en guenilles, dans lequel on est à peu près sûr d'être blessé et de n'en jamais revenir; le jeu est le comble du courage : pour jouer il faut être millionnaire ou grand homme; l'histoire politique de l'Europe l'a assez prouvé depuis Mirabeau. En Angleterre, en France, en Russie, l'Europe a été gouvernée par des joueurs. Singulier empire des âmes fortes qui cherchent le danger partout où le danger se rencontre, qui font de leurs moindres divertissements une occasion de courage plutôt que de ruse, de passion plutôt que de sang-froid; qui placent de préférence le théâtre de la joie sur les bords glissants d'un abîme où elles sont toujours sûres de tomber!

Cependant le jeu s'animait de plus en plus : les jeunes gens succombaient sous le poids de ces émotions mordantes, trop sévères pour leur inexpérience; les femmes s'abandonnaient à cette volupté de l'or avec autant de légèreté que s'il eût

falllu s'étendre sur une chaise longue pour faire
pallpiter une minute ou deux quelque fermier général. Pour Mirabeau, il avait l'air d'être le dieu
de ce silence, le dieu de cette joie, le dieu de ces
transports inarticulés : il fallait toute cette âme
pour suffire aux accidents de cette nuit. Cependant la nuit était finie, il avait vu le bal, il avait
passé à travers les vapeurs enivrantes du festin,
il s'était reposé sur votre sein arrosé de champagne,
belle Clary; à présent il jouait, dans une heure il
devait parler à la tribune. J'imagine que ce fut
là la plus heureuse soirée de la vie de Mirabeau.

CHAPITRE XXXVII.

LE NOUVEAU VENU.

> Quand Dieu eut pétri l'âme des la-
> quais, il lui resta un peu de boue, avec
> laquelle il pétrit l'âme des princes.
>
> Mᵐᵉ DE SOUZA.

Au plus fort de ce silence, entrecoupé de traits d'esprit et d'éclats de rire, nous entendîmes le bruit d'une porte qui s'ouvrait à deux battants : un homme entra, s'annonçant dès l'antichambre par des imprécations contre les valets qui l'avaient fait attendre. « Voilà, dit Mirabeau, une voix qui parle ici plus haut qu'à la tribune : on voit bien qu'il n'a rien à dire ici ! »

A cette voix qui leur était connue, quelques femmes devinrent pâles et tremblantes. « Ne craignez rien, dit Mirabeau, vous êtes en bonne société, Mesdames, vous êtes les maîtresses ici, vous commandez : ce n'est pas ici comme dans les souterrains du Raincy. »

Le nouveau venu s'approcha, toujours en criant. Mirabeau jeta sa dernière carte, et il perdit tout ce qu'il pouvait perdre ; alors il reprit la conversation avec le plus grand sang-froid.

« Que vient donc chercher ici le premier prince du sang, Clary, à cette heure ? Je l'aurais cru en Angleterre ou couché dans un des mauvais lieux de son palais. »

Clary se pressa contre son amant ; elle le regardait d'un air suppliant et troublé.

Une femme répondit à la question de Mirabeau. « Ce qu'il cherche ici, monsieur le comte ? j'imagine qu'il ne cherche personne autre que Mme Agnès de Buffon. On dit en effet qu'elle lui a échappé il y a huit jours.

— Soyez donc écrivain sublime, et faites la *Théorie de la Terre*, pour que votre nom soit déshonoré après votre mort, et par un prince encore ! » reprit Mirabeau.

En relevant les yeux, le regard de Mirabeau s'arrêta sur le nouveau venu. C'était un homme de la taille la plus élégante, à la figure incertaine, au regard douteux et méchant. Il entendit Mirabeau, et il ne rougit pas ; seulement ses deux

sourcils se contractèrent, il regarda de côté et
d'autre, cherchant assez de soutiens et d'amis
pour se mettre en colère; mais, comme il ne vit
dans les vastes salons que de joyeux jeunes gens
fort peu inquiétés de sa dignité, et des femmes
qui le connaissaient à sa juste valeur, il sentit
que ce n'était pas le lieu où il pouvait se livrer à
son insolence naturelle ; sa colère se changea
donc en complaisante ironie : « La maîtresse d'un
prince, dites-vous? en êtes-vous bien sûr, monsieur de Mirabeau?

— C'est à Mme Agnès de Buffon elle-même
qu'il faudrait adresser cette question, reprit Mirabeau ; seule Mme de Buffon pourrait nous dire
si elle est ou non la maîtresse d'un prince.
Pauvre femme! si jolie et si jeune, je la plains
dans les deux cas, Monseigneur!

— Vous savez bien, Mirabeau, reprit le prince
sans qu'il semblât écouter la réponse, que ces
titres de prince et d'altesse ne me conviennent
pas, que je les ai reniés depuis long-temps, et que
depuis long-temps je ne rougis plus de mon père
Montfort le cocher. »

A ces mots un sombre murmure parcourut et
agita l'assemblée, comme si elle eût été saisie
d'une soudaine terreur.

Mirabeau regarda le prince des pieds à la tête

avec le sourire du plus profond mépris : « Messieurs et Mesdames, ne le croyez pas, s'écria-t-il :
il en a menti! Montfort arrive ici comme un quar-
tier supplémentaire; Montfort n'est ici qu'une
prétention de plus, Messieurs; c'est la plaisanterie
d'un prince du sang qui se vante, voilà tout! »

La face du prince s'enflamma, et son œil brilla
comme celui d'un reptile : « Cette insolence mé-
riterait le fouet, monsieur de Mirabeau! »

Mirabeau frappa la table du poing, et se levant
à demi : « Le fouet, Monseigneur, laissez-le à
votre père le cocher, comme vous dites. Il n'y a
qu'un prince de la maison de Bourbon qui se soit
servi du fouet en France, c'était le plus grand de
la maison de Bourbon, c'était Louis XIV, et
encore était-il enfant, enfant qui venait après des
guerres civiles, après Mazarin! Depuis ce temps,
le fouet a passé aux mains de la nation, Monseigneur! elle le tient d'une main rude et ferme: s'il
plaît à Dieu, vous le sentirez un jour. Déjà il est
retombé rudement, ce fouet, sur la figure des
gens de race royale, quand le beau Lauzun
s'écriait en revenant de la chasse : « Louise d'Orléans, ôte-moi mes bottes! » Ne parlez donc plus
de fouet ici, je vous prie; peut-être il vous est
permis d'en menacer encore quinze jours vos
laquais, profitez-en. »

Puis, sans lui adresser la parole davantage :
« Il est étrange, reprit-il en le montrant du doigt
avec le geste insolent qui lui était naturel, il est
étrange que cet homme se croie le droit de changer de nom, quand ce nom il l'a souillé plus que
son père! Il est étrange qu'il vienne ici parmi
nous changer de père comme on change de livrée,
déshonorer un honnête cocher qui ne lui a rien
fait, et insulter sa mère parmi nous, comme il a
insulté sa femme, cette femme si accomplie, si
vertueuse, si chaste, qu'il a forcée de paraître
tremblante et chrétienne au milieu d'une profane
assemblée de francs-maçons! Vieille habitude
d'insultes dans un prince, Messieurs, dont le
temps n'a pas encore fait justice, et dont nous
supportons encore ce soir les dernières et folles
bouffées : patientons. »

Le jeu reprit. « Je parie mille louis contre
Mirabeau », s'écria le prince, comme si rien
n'avait été dit dans la soirée.

Mirabeau, sans lui répondre, et parlant à
Mᴵᴵᵉ Guimard : « Je consens bien à gagner ton
argent, Guimard : tu es spirituelle et jolie, tu
es payée par des hommes jeunes et fous qui t'ai-
ment, et que tu rends heureux plus qu'ils ne te
payent; à tout prendre, ton argent est un argent
bien gagné; j'aime autant la galanterie que

j'abhorre la prostitution : jouons donc ensemble si tu veux ; contre ta fortune je mets ma parole ; mais que la honte me tue ! si je consens jamais à mettre même de l'argent contre l'argent de ces loyers de maisons de joie qui m'arriverait là par ricochet : je n'en veux pas ! »

Mirabeau se leva de table ; il prit Clary par la main, il allait se retirer, la tribune l'attendait.

Le prince, qui peut-être en avait besoin ce jour-là, s'approchant alors, lui tendit la main en signe de réconciliation. Mirabeau repoussa cette main avec le plus profond dédain. « Ne me touchez pas, Monsieur ! s'écria-t-il en reculant ; puisque vous êtes vraiment le fils d'un cocher, vous, sachez que moi je suis gentilhomme, que je n'ai jamais cessé de l'être, et qu'il n'y a rien de commun entre le bâtard de Montfort et le descendant légitime des Riquety. »

Il se retirait suivi de Clary : en entrant dans le premier salon, il se mit à parier avec de jeunes mousquetaires qui jouaient aux dés ; Clary s'appuyait sur son épaule, endormie à moitié.

CHAPITRE XXXVIII.

LA TRIBUNE.

Il faut réveiller cet autre Alexandre.

BOSSUET.

*Nous allions au feu la poitrine nue,
en chemise, et chantant l'air national :
la Joyeuse Margot.*

ARMAND CARREL.

A la fin il fallut se séparer. Il était plus de midi. Toutes nos femmes étaient pâles et bleues. La fatigue et le sommeil s'emparaient d'elles plus vivement après de si vives agitations ; moi-même j'étais fatigué de choses extraordinaires, et je me disais, voyant l'assemblée se séparer : « Jamais je ne retrouverai réunis sur un seul point tant de mœurs incroyables, tant de puissances irrégulières, tant d'aventures inouïes ! » Et machinalement je me tenais à la porte extérieure de cette maison, je voyais s'avancer une à une toutes ces apparitions formi-

dables ou gracieuses de ma nuit. Mirabeau
accompagna galamment la jolie brune jusqu'à la
voiture, lui baisant la main en lui disant : « Au
revoir, Clary ! » Lui-même il monta dans un
carrosse qui l'attendait, et j'entendis son laquais
qui disait au cocher : « A Versailles ! » Le cocher
partit pour Versailles ; et moi, honteux du repos
que j'allais prendre, je dis à mon cocher : « A
Versailles ! » Je voulais voir enfin ce que c'é-
tait qu'une tribune populaire à la cour d'un
roi de France, ce que c'était qu'un orateur au
XVIIIᵉ siècle, ce que c'était que Mirabeau !

Nous partîmes. On allait vite alors ; j'arrivai
avant Mirabeau. J'entrai dans cette Assemblée qui
commença les destinées nouvelles de la France.
Déjà la noblesse et le clergé ne formaient plus
qu'un seul et même corps avec les représentants
du tiers. En entrant dans cette salle, je compris
l'égalité au premier coup d'œil, ou plutôt je compris que les priviléges étaient déplacés, qu'ils
avaient passé de la noblesse ou peuple, du clergé
au peuple, du roi au peuple : car le peuple était
tout, car ses habits noirs éclataient de plus de
majesté que toutes les broderies de l'armée et de
la cour. Du reste, rien ne ressemblait là à ce que
je m'étais figuré des assemblées antiques, des
orateurs antiques. C'étaient des voix élevées,

c'étaient de vives clameurs, c'étaient de hardies disputes tout à coup interrompues; les préjugés se heurtaient contre les préjugés, les priviléges contre les priviléges, c'était un informe chaos de vieux noms et de noms nouveaux, de vieux et de jeunes principes; tous les éléments d'ordre public et de discordes éternelles étaient là mélangés, pressés, heurtés; là on copiait pêle-mêle au hasard, sans choix et sans plan, tout ce qu'on savait du sénat romain, des parlements anglais, des lits de justice de la vieille France, et tout cela au hasard, sans méthode, par je ne sais quelle inspiration de révolte que vous ne sauriez vous figurer. Vous auriez dit, à voir tant de frivolité unie à tant de sang-froid, d'un jeu commencé à vil prix, et auquel, de progrès en progrès, on finit par jouer sa fortune et sa vie. Aussi, malheur à ceux qui perdent! ils se troublent, ils hésitent, ils tiennent le cornet fatal d'une tremblante main, ils perdent toujours : on dirait que les dés sont pipés. Cependant le peuple, beau joueur, gagne revanche sur revanche; il joue tant qu'on veut, quitte ou double; il accepte tous les paris, il se fie à toutes les chances, il gagne : c'est que lui seul, en commençant le jeu, a joué sérieusement; lui seul a pensé qu'il y allait d'un immense hasard; lui seul, il a gardé son sang-

froid, arrivant tête nue à l'Assemblée, en vrai
polisson qui n'est pas invité, attendant à la porte,
par un temps d'orage, qu'il plaise à l'huissier
royal d'ouvrir cette porte, et se baissant pour y
entrer, et mettant le genou en terre devant le
trône du roi. Il fallait bien qu'il eût envie de
tenter la fortune, ce joueur nu et dépouillé, qui
passe par tant d'humiliations pour venir hasarder,
sur quelques paroles à une tribune qui n'existait
pas, le pauvre rien qui lui reste ! pour tenir tête à
ces violents joueurs des salons de Marly ! Il n'avait
cependant qu'une mise à perdre en commençant;
cette mise perdue, tout était dit : le maître des
cérémonies entrait dans la salle et renvoyait les
joueurs malheureux. Mais à cette lutte présidait
un hardi courage ; mais un homme se rencontra
dans cette foule de nobles, qui accepta les dés
plébéiens, qui se fit peuple au moment où la
chance tournait, qui se livra en aveugle à cette
chance plutôt qu'il ne la dirigea ; qui, poussé par un
instinct sublime, devina dans cette décomposition
sociale qui faisait justice de tous les despotismes
à quelle borne fatale on devait s'arrêter : incroyable vertu par laquelle cet homme se trouva tout à
coup brave et vertueux, comme on entend la bra-
voure et la vertu dans les républiques, orateur
plus que Démosthènes, plus que Cicéron, plus

qu'un poëte, plus que jamais aucune imagination antique n'avait rêvé un orateur ! Tout ce
qu'on voyait dans cette Assemblée était son ouvrage : toutes les lois enfantées, toutes les lois
à naître, toute la nouvelle politique à venir, lui
appartenaient.

Oh ! c'était chose singulière d'écouter l'écho
qui répétait son ardente parole, de voir les visages où se reflétait son mâle courage, d'assister à ce pouvoir plébéien dont il était l'âme et le
roi. A Louis XI, au cardinal de Richelieu, ardents faucheurs de puissances tyranniques, succède Mirabeau. Mais il leur succède avec un autre
but, avec un autre plan, avec un autre génie ; il
quitte tout à coup cette ligne tracée, il n'est plus
comme Richelieu, faisant du pouvoir pour la
royauté contre la féodalité : il fait du pouvoir
contre le trône pour le peuple. Aussi voyez comme
il arrive à cette tribune, entouré de vices, chargé
de dettes, accusé de mille crimes, ayant passé toute
la nuit en débauches sans fin ! soyez tranquille, il
sera mieux reçu que le puissant cardinal en habit
rouge et entouré de ses gardes. Faites silence,
voici Mirabeau, le Mirabeau chargé du mépris
public, le roi de son temps, le roi des temps à
venir, le fondateur d'une dynastie d'hommes
libres ; Mirabeau qui, pour dernier honneur,

sera livré aux gémonies après sa mort, comme il
l'a été de son vivant!

Ma tête tournait, mon cœur battait, je voyais
tous les objets comme dans un nuage confus;
cette salle avait pour moi l'aspect d'un sabbat,
comme en a vu Gœthe notre poëte. C'étaient de
grandes ombres de diverses couleurs, noires,
blondes, horribles à voir, douces et charmantes :
les uns portaient le deuil, les autres étaient en
habits de fête; tous étaient jeunes, à les bien voir;
seulement c'était une jeunesse folle d'une part,
c'était, d'autre part, une vieillesse délabrée, c'était
de l'enfance des deux côtés; puis le frère se battait
contre le frère, puis la confusion augmentait à
chaque instant, à chaque instant augmentait la
terreur, puis tout cela disparaissait dans un
abîme commun, vainqueurs et vaincus, nobles et
plébéiens, prêtres et rois : tout était dit.

La France était un pays de visions pour moi.
Tout y était mystérieux et solennel, je rêvais tout
éveillé, mes yeux étaient dans un nuage, un per-
pétuel bourdonnement obsédait mon oreille : je
n'ai compris la poésie allemande qu'en sortant
de France et après un repos assez long pour me
remettre de toutes les illusions qui m'y avaient
assailli.

Alors je compris ce qu'il y a de vrai dans les

fictions poétiques, et comment le vague des idées et de l'expression peut être une dixième muse, et comment il est des faits au-delà du langage des hommes, et comment, si la naïveté et la clarté sont le caractère de la poésie dans des temps primitifs, l'absurdité de l'expression et l'obscurité dans le drame sont des taches inévitables dans la poésie des temps de corruption. Sur ces entrefaites, je vis entrer Mirabeau.

Il avait un peu réparé le désordre de ses vêtements, sa figure était calme et reposée : il eût été impossible de deviner qu'il avait passé la nuit dans les émotions délirantes d'un bal masqué, d'un souper de femmes, d'un récit fantastique, d'un jeu infernal entre-coupé par un travail assidu. Il faut à l'éloquence des hommes de cette force morale et physique pour suffire à tous les besoins de l'éloquence. On eût dit, à voir Mirabeau le visage serein et souriant, qu'il avait passé la nuit dans son lit et qu'il s'était levé le matin pour se promener dans ses jardins, méditant quelques-unes de ces belles et grandes idées qui embellissaient si fort les frais ombrages de Tusculum.

Mirabeau fut salué à son entrée par les vives acclamations du peuple « Le voilà ! le voilà ! vive Mirabeau ! à bas la droite ! » Au même instant

le gros homme que j'avais déjà remarqué au bal
de l'Opéra se levait plein de fureur !

« Veux-tu faire silence, stupide foule ! disait-il :
Vive le roi ! à bas la populace ! » Puis, après avoir
apostrophé la masse, il provoquait plusieurs indi-
vidus, les montrant du doigt et les appelant à
haute voix. « Si vous n'êtes pas content, Monsieur,
je puis vous faire raison. — Huissier, apportez-
nous ce cuisinier qui se plaint là-bas, que je lui
coupe les deux oreilles ! Peuple stupide, te tairas-
tu ! » Et le gros homme s'agitait sur son banc,
plein de fureur.

Mirabeau vint à lui, et lui prenant la main :
« Bonjour, mon frère, lui dit-il, vous êtes bien en
colère contre nos amis, ce matin ?

— Vous avez de beaux amis, reprit Mirabeau
cadet, et je vous en fais mes compliments, monsieur mon frère ; vous devez être bien fier de cette
alliance de bottiers, de tailleurs et de cuisiniers,
vous, le fils aîné de la famille des Riquety ! cela
est noble et beau !

— Je suis étonné, vicomte, reprit Mirabeau, que
tu dises tant de mal des cuisiniers ce matin : il
faut que tu aies bien déjeuné ! »

La galerie se mit à rire. Mirabeau retourna à sa
place ordinaire, sur le banc opposé à celui où
siégeait son frère ; il porta ses yeux aux tribunes,

saluant ses connaissances, ses amis, encourageant
le peuple d'un regard; je le vis sourire à une
grande femme qui se tenait sur la tribune la plus
avancée, déjà animée comme si la bataille ora-
toire en était à son premier feu : on me dit que
c'était une des sœurs de Mirabeau. Quelle famille!
Là je retrouvai pour la première fois presque
tout la société que j'avais vue au *Trompette blessé* :
Maury à droite et Barnave à gauche ; mon ami
inconnu, celui qui me conduisait à sa volonté :
il s'appelait Barnave. Il était pâle et fatigué; lui
seul peut-être de cette Assemblée avait passé la
nuit loin du bruit, des fêtes, du jeu et de cette
volupté sans frein qui mordait cette époque de
tant de plaisirs cuisants. Tous ces noms qui sont
devenus si beaux étaient presque inconnus alors.
J'en ai oublié beaucoup; je n'oublierai jamais
l'aspect imposant de ces hommes, que je considé-
rais, avec mes idées d'Allemand et mon admiration pour le règne du grand Frédéric, comme des
révoltés constitués.
Si Mirabeau n'eût pas été à l'Assemblée, je
n'aurais vu que Barnave; mais Mirabeau m'occupait tout entier. Dans cette assemblée, tous les
regards, tous les cœurs, toutes les émotions étaient
pour lui. Jamais roi de France, jamais dauphin
de France, après de longues années de stérilité,

jamais jeune reine, à sa première entrée dans sa
capitale, n'occupèrent les âmes et les cœurs comme
Mirabeau les occupa : il était impossible de
l'aimer ou de le haïr médiocrement. Lui, sans
s'inquiéter de tant de regards fixés sur sa personne,
causait familièrement avec ses voisins, lisait, sa-
luait, et, parfois se baissant, leur faisait mille
niches plaisantes comme ferait un jeune écolier
à ses camarades : cependant sa figure était calme,
son air était froid, et la discussion commencée
continuait toujours.

Barnave parlait alors. Je me souviens confusément de son discours : c'était la parole austère et
animée d'un jeune homme. Si la vertu eût emprunté un langage, elle eût emprunté celui de
Barnave. Barnave représentait fort bien dans sa
pensée et dans sa parole l'inflexible courage qui
s'attache de préférence, dans les temps de révolution, à quelques jeunes gens d'élite, sublimes
rêveurs, qui, à peine échappés à l'antiquité, chaste
objet de leurs études, se hâtent de réaliser les institutions des peuples d'autrefois qui leur sont ap-
parues à travers le style des historiens et l'em-
phase étudiée des orateurs; jeunes gens dangereux
dans les monarchies et dans les républiques modernes, parce qu'ils ne voient pas que l'histoire
qu'ils ont étudiée dans les livres, ils l'ont

étudiée telle qu'elle a été faite, pure et dé-
gagée de tout alliage : une histoire héroïquement
drapée, dont les vices mêmes sont parés avec soin ;
en un mot, une abstraction réalisée par les rhéto-
riques ; quelque chose d'idéal, comme les lois de
Platon ; un rêve, comme l'utopie de Thomas Mo-
rus ; et, dans ce rêve, tel était le fanatisme des
jeunes législateurs de cette époque, que nul obstacle ne les arrêtait : une fois lancés, ils allaient
toujours. Allons, en avant, jeune homme ! marche,
marche ! renverse tout sur ton passage, brise et
détruis, l'autel et le prêtre, le trône et le roi !
Bientôt le songe devient un cauchemar, la parole
de l'orateur est haletante, il parle tout haut, il
parle de meurtre et de sang. Ainsi parla Barnave.
Que ces paroles m'attristèrent ! Dans quel effroi
me jeta cette colère sans frein ! Que Barnave lui-
même dut être épouvanté de ses paroles sanglantes,
quand, descendu de la tribune, Barnave se réveilla,
quand l'écho et les applaudissements du peuple
vinrent lui dire : « Tu as demandé du sang, Barnave ! »

Oh ! l'effet de cette tribune élevée plus qu'un
trône était le même que le trépied de la Pytho-
nisse : il s'exhalait du pied de cet antre je ne sais
quelles influences perverses qui jetaient l'âme
dans un état désordonné, qui bouleversaient les

sens, qui faisaient tourner la tête, qui endurcis-
saient le cœur! Notez bien que les plus méchants
étaient les plus jeunes, que les plus vertueux
étaient les plus acharnés, que la plupart de ces
vœux qui me faisaient frémir d'horreur n'étaient
en résultat qu'un effort de vertu. Et quel temps
fut jamais plus défavorable à la vertu! Quel plus
dangereux contraste avec les nobles pensées et
les philanthropiques projets! Dans ces temps de
décomposition générale, il arrive que l'homme de
bien s'emporte et devient colère, qu'il n'a plus ni
égards ni respects pour personne, qu'il juge en
dernier ressort et sans appel comme un juge de
chambre ardente, et qu'il ne laisse pas même une
heure aux faibles ou aux innocents pour se défendre ou se repentir. Ainsi faisait Barnave, ainsi
Vergniaud, ainsi tous ces hardis courages, toutes
ces imaginations généreuses qui ne voulurent rien
entendre, et qui moururent portant la peine de
leur impatience et de leurs vœux les plus cruels.

Je me sentis de la pitié pour Barnave, je me
sentis du mépris pour ses antagonistes : le vieux
clergé et la vieille noblesse de cette Assemblée
étaient deux choses bien vieilles. A les voir agir,
à les entendre parler, les préjugés les plus gothiques régnaient encore. Aux yeux de ces hommes
aveuglés l'avenir n'était qu'un mensonge, le passé

seul était réel, le passé rempli de leur puissance, victime de leurs priviléges, humilié par leur orgueil, le passé que leur ignorance avait flétri, que leurs dissipations avaient perdu, que leurs folies de courtisans avaient réduit à rougir même de sa gloire : ils en étaient encore à ce passé, tant ils s'y trouvaient bien ! Quant au peuple, qui criait : *Liberté !* aux yeux de ces hommes, c'était le cri d'un fou ou d'un lâche qui sera trop heureux de demander pardon demain. La liberté, c'était une comédie du Jeu de Paume, que la cour s'apprêtait à parodier aussitôt que le théâtre de Versailles serait débarrassé du plancher élevé pour le festin des gardes du corps. Mais le plancher est encore à la même place ! La salle de spectacle de Versailles est restée muette et désolée comme la dernière salle à manger où vint s'asseoir l'ombre de Banco ! Cependant la comédie du Jeu de Paume a été représentée dans toute l'Europe, aux acclamations des peuples et à la terreur de tous les rois : la parodie de ce grand drame est encore à faire. Fasse cet essai qui l'osera ! seulement, pour s'essayer la main, je conseillerais au poète de tenter auparavant la parodie du *Tartufe* ou du *Mariage de Figaro !*

Quand Barnave eut parlé, Mirabeau se leva de son banc ; à peine avait-il paru écouter le discours

auquel il allait répondre : il marcha lentement à
la tribune, côtoyant les bancs de la gauche et de
la droite, et prêtant l'oreille à tout ce qui se disait
autour de lui comme pour en faire son profit.
Quand il monta à la tribune, j'entendis son pas
résonner lourdement comme les pas d'un fantôme
à minuit dans un château abandonné. Le silence
était grand, on retenait son haleine, Barnave avait
repris sa place, vainqueur et complimenté par ses
amis. Mirabeau se posa lentement, croisa les bras,
et, jetant ses regards de côté et d'autre, il commença. Sa parole fut d'abord lente et brève, on
eût dit d'un soupir tiré avec peine de sa vaste
poitrine après une orgie. En commençant son
discours Mirabeau bégayait : cela durait quelques
minutes. Peu à peu l'homme devenait éloquent.
Cette langue se détachait de ses liens, ce regard
s'animait, cette épaisse chevelure se relevait sur
ce vaste front comme la crinière d'un lion en colère ou en amour ; le feu sacré circulait dans tout
cet homme ; il s'emportait, il riait, il insultait, il
plaisantait, il tonnait, il éclatait : tour à tour
moqueur et grave, sévère et jovial, emporté et
tendre, blasphémant, menaçant, criant ; puis
calme, doux, tendre, passionné avec mesure, bien
disant, élégant et châtié ; puis soudain, jetant le
barbarisme avec toute la hardiesse d'un homme

qui sait écrire; puis prophète du haut de la tribune, puis grand seigneur d'autrefois, peuple
d'aujourd'hui le plus souvent : il est impossible
de se figurer quelle abondance, quelle variété,
quelles ressources infinies de paroles et de passions, quel sublime pouvoir sur la langue française obligée de suffire à ce cœur, à cette âme, à
ces passions sublimes, à ces vils besoins, à cette
élévation de pensées, d'idées, de faste, de pouvoir,
qui respirait par l'organe de cet homme. Cette
fois, tout est bouleversé dans l'éloquence; cette
fois, plus de calcul, plus d'art, plus de ces savants
résultats d'une vie tout entière consacrée à l'étude
des préceptes et des modèles; cette fois, c'est le
hasard qui parle, c'est la colère, c'est la passion,
c'est le peuple, c'est Mirabeau! Jamais vous ne
saurez comme il était orateur, vous qui ne l'avez
pas entendu; jamais dans les pages imprimées
vous ne retrouverez ce qu'il y avait de force, de
grâce et de majesté dans cette parole qui tombe
d'une tribune populaire plus haut que du ciel!
Pour moi, égaré, éperdu, terrassé à l'annonce
de ces hardies maximes, à l'aspect de ces projets
inouïs, en présence de cet homme si longtemps
victime de l'arbitraire, et qui tue à plaisir les lois,
les institutions, les hommes, je ne savais ce que
je devais admirer le plus, ou du génie qui devinait

tout cet avenir, ou du génie qui renversait tout
ce présent. J'étais fou de constitution, fou de
liberté; j'étais fou de Mirabeau, et si Mirabeau,
comme c'était quelquefois son habitude et quand
il avait besoin d'un argument irrésistible, s'était
écrié : *A moi le peuple!* moi, prince de la
Confédération germanique; moi, Allemand du
XVIIIᵉ siècle; moi, Frédéric de Wolfenbüttel,
j'aurais mis la main sur mon épée et je me serais
levé pour Mirabeau, tant il y avait d'éloquence
dans cette âme que j'aurais cru pleine seulement
d'amour!

CHAPITRE XXXIX.

RÉSOLUTION.

> Dites-moi si je m'amuse, mon pré-
> cepteur.
>
> LÉON BERTRAND.

E sortis de l'Assemblée lentement. Tant d'émotions extrêmes m'avaient jeté dans un indicible accablement; j'allais devant moi sans savoir où j'allais. Vous qui êtes jeunes et sans ambition, et qui ne pensez qu'à être jeunes, il est une chose plus redoutable pour vos âmes que la passion la plus dangereuse, c'est le spectacle d'une immense supériorité. Ce spectacle, quand il vous arrive inattendu et dans tout son éclat, flétrit l'âme et la déshonore. Que vous vous trouvez malheureux et petit quand les mêmes hommes qui vous ont vaincu dans les emportements les plus faciles de leur âge, emportement de libertinage, emportement d'ivresse et de jeu,

héros brillants du vice à sa plus brillante pé-
riode! vous les retrouvez une heure après à la
tête de ce qu'il y a de plus imposant dans
le monde, une révolution qui renverse et qui
fonde! guidant cette révolution où ils veulent,
aux accents de leur voix, jetant la couronne
du buveur pour s'envelopper dans le manteau du
stoïcien! étonnants prodiges, dont le ciel s'étonne
presque autant que la terre, et qui sont réservés au
destin de ces astres errants qui menacent le monde
et que leur poids emporte! Encore une fois, c'est
un grand malheur pour un homme qui n'est pas
un lâche, quand il lui est donné de mesurer l'abîme
qui le sépare de ces hardis génies : le même homme
qui s'estimait encore le matin se fait pitié le soir;
il se prend dans un profond mépris à considérer
sa nullité, il sent le besoin de s'arracher à de si
humiliantes comparaisons, son cœur est dévoré
d'une tristesse plus triste mille fois que l'envie,
et, pour échapper à ces douloureuses angoisses,
il n'y a pas d'autre moyen que de fuir et de se
cacher dans une partie où il est encore permis
d'être médiocre. Heureuse situation d'un empire
qui ne se sent pas vieillir, tranquille paix des
vieux États despotiques, que tous les empires despotiques de l'Europe ont perdue aujourd'hui!

Ainsi accablé et abîmé dans mes désolantes ré-

flexions, traînant avec peine mon amour-propre
humilié, j'ignore comment cela arriva, mais je
me trouvai tout à coup dans la cour de la poste
aux chevaux. Justement, au milieu de cette vaste
cour se tenait tout ouvert un large coche déjà
rempli de voyageurs : on me dit que ce coche
partait pour les frontières ; une place restait va-
cante, je pris cette place ; j'avais encore le temps
de me décider à partir, les chevaux n'étaient pas
arrivés.

Je me dis à moi-même : « Pourquoi rester en
France ? qu'ai-je à faire dans ce monde que je ne
comprends pas, au milieu de ces hommes qui
m'épouvantent, entouré de ces ruines qui tombent
et qui peut-être finiront par m'écraser sans que
j'aie eu la gloire d'y porter la main ? L'ennui même,
un ennui calme et naturel, ne va-t-il pas mieux
à l'âme que ces fougueux plaisirs que mon
cœur ne peut contenir ? Une passion modeste et
malheureuse, sans trop de larmes, ne peut-elle
pas remplacer merveilleusement ces épileptiques
transports d'une société qui se hâte de vivre et qui
tourne sur son pivot, poussée par une force sur-
humaine, jusqu'à ce que le pivot se brise ? N'ai-
je pas vu d'ailleurs tout ce qu'il y avait à voir
en France, Mirabeau, Mlle Guimard et la
reine : le cabaret, l'Opéra et la cour ? Nai-je pas

appris à Paris et à Versailles comment on s'enivre,
comment on danse, comment on parle? O ma
tranquille Allemagne! ma paisible, ma rêveuse,
ma philosophique Allemagne! je veux te revoir!
Je reste à cette place, dans ce coche, je vais à toi,
je pars! En me voyant revenir cahoté dans cette
grande voiture et marchant à petits pas, les sages
devineront facilement d'où je viens. Oui, Messieurs, je reviens de France en simple bourgeois,
moi qui suis parti dans le riche équipage d'un
prince allemand »

CHAPITRE XL.

LA DILIGENCE.

Les heures ne seront plus que de
quatre-vingt-dix minutes à l'horloge de
l'Institut.

V. BOHAIN.

E ne pensai plus à ma mère; j'oubliai
tout, Hélène elle-même! A présent je
voulais partir, partir sur-le-champ, sans
rien dire; je voulais du repos, du sommeil, ma
vie monotone, ma vie d'Allemand. « Ne parti-
rons-nous pas bientôt, Monsieur? »

Mon voisin, d'un air impassible, et avec le geste
d'un homme qui a fait une longue provision de
patience, me montra du doigt la cour déserte et le
timon de notre coche dégarni de chevaux; à ce
geste, mon voisin ajouta un mélancolique sourire
que mon impatience m'attirait.

Rien n'agite le sang comme le repos et le

calme en de certains moments. Une voiture immobile, quand on veut marcher, ne ressemble pas
mal à un sourd-muet en colère. Je ne voulais plus
des pensées qui m'assiégeaient, je voulais en sortir à tout prix, même au hasard d'être importun.

« Où allez-vous, Monsieur? » repris-je, toujours parlant à mon voisin de droite, un homme
bien portant, bien planté, aux yeux bleus et calmes; il me répondit gravement :

« Je suis un amateur de roses : dans mon jardin de la barrière de Fontainebleau j'en possède
de trois cent trente-deux espèces; je n'ai pu avoir
encore un beau plan de la Félicia, il faut que je
me complète, et je vais en Suisse pour la chercher.

— Pour moi, reprit le voisin de gauche, j'aime
comme vous les choses complètes. Je possède dans
ma bibliothèque toutes les éditions d'Horace, c'est
le seul livre raisonnable que je connaisse; je le
possède sur tous les papiers et dans tous les for-
mats, seulement je n'ai jamais pu me procurer, à
aucun prix, la mauvaise édition de Lauzanne, et
je vais en Suisse pour la chercher.

— J'aime les papillons, dit le troisième: j'en ai
chez moi de mille sortes, fleurs volantes dans
l'air, chargées de peinture et d'azur; j'ai passé ma
vie à écrire leur histoire, à les mettre en ordre, à

les ranger par espèces et par rang de taille. Avant-
hier ma gouvernante a brisé l'aile droite de mon
papilio Apollo du lac de Genève, et je vais en
Suisse pour le chercher.

— Et vous, Madame, avez-vous aussi une collection à compléter? allez-vous en Suisse comme
ces messieurs pour vous compléter? » Elle me répondit en souriant :

« J'ai six enfants dont je suis la mère : le premier s'appelle Jules, et il fait déjà des élégies et
des drames; le second s'appelle Ernest, et il ne
parle que de fleurets et de tambours; Antoine est
beau comme un ange, et ne parle que du ciel d'où
il est venu; Tom est charmant dans son air ma-
lin et boudeur; vous n'avez rien vu d'aimable et
de bon comme mon gros et jovial Grégoire; mon
tout petit Gabriel vient d'être délivré de ses premières dents : je suis une heureuse mère! ajouta-
t-elle d'un air pénétré. Si vous étiez venu plus
tôt, vous les auriez vus tous les cinq autour de
moi me donnant le baiser d'adieu; mais j'ai encore un autre enfant, une jeune fille de seize ans,
ma Clémence! et je vais en Suisse pour la chercher. »

Ces trois réponses me jetèrent dans une profonde rêverie. Je vis d'un coup d'œil que je ne
pouvais pas partir.

« Mon Dieu! m'écriai-je en relevant la tête péniblement, mon Dieu, Madame et Messieurs, que vous m'avez fait de mal sans le vouloir! Je suis perdu, je ne saurais partir avec vous; partez sans moi : les chevaux arrivent, les postillons sont prêts. Et, au moment où je mettais pied à terre, la lourde voiture s'ébranlait, les passants se pressaient contre la muraille, les chiens hurlaient, et je restai seul au milieu de Versailles, moi qui tout à l'heure encore m'en croyais absent à jamais.

CHAPITRE XLI.

SOUVENIRS.

> J'ai oublié la rime de mon dixième
> vers, au plus beau moment de mon
> rôle, quand mon amant allait venir.
>
> Miss O'Neill.

UNE blessure que je croyais peu dangereuse, ou du moins cicatrisée, venait de se faire jour tout à coup dans mon cœur. Quoi donc! voilà d'honnêtes gens qui s'arrachent aux habitudes ordinaires de leur vie et qui partent un jour d'automne pour une fleur de plus, pour courir après un insecte qui leur manque, et moi, moi seul, avant de partir je n'ai pas songé à compléter le seul moment de bonheur qui me soit arrivé en ma vie? Que parlez-vous de compléter une simple fantaisie? Que parlez-vous de bouquins poudreux et de papillons dorés? Que peut être une rose, je dis la plus jolie fleur, dans

son bouton chargé de rosée, comparée à ce qui me
manque encore pour arriver à ma seconde moitié
de bonheur? Insensé! et pourtant je partais, je
fuyais loin d'elle, loin de toi, Élisa; loin de toi,
sans t'avoir embrassée, sans avoir contemplé ton
visage, respiré ton haleine, sans avoir deviné la
couleur de tes cheveux, sans avoir surpris ton
sourire; chère Élisa, toi qui m'as rendu si heureux!

Non, je ne veux pas partir, je ne puis pas partir sans savoir qui elle était, cette jeune femme,
cette femme qui fut à moi, cette femme qui m'appartient, qui m'a promis de m'aimer toujours,
qui m'aime, et que je n'ai pas vue encore. Complète ton Callot, brave homme! arrange tes livres
et tes fleurs, tu es sage, en vérité, toi qui veux
arriver à un tout dans ton bonheur! Moi seul je
suis un insensé, un fou, je le dis à ma honte, un
ingrat!

Et je rentrai chez moi, désespéré de me trouver
cette passion dans le cœur.

CHAPITRE XLII.

COMMENCEMENT DU ROMAN.

Ton roman commence bien tard.
ÉTIENNE BÉQUET.

E lendemain, quand j'eus dormi (vous avez vu que je devais en avoir grand besoin), j'eus de la peine, à mon réveil, à rappeler mes esprits égarés; ce ne fut qu'après mille efforts, plutôt d'imagination que de mémoire, que je parvins à me souvenir de cette dernière scène du coche, si simple et si puérile en apparence, mais en effet si importante dans ma vie! Mon Dieu! sans cette rencontre, que de regrets je me préparais plus tard! Quelle passion j'allais me donner pour souveraine maîtresse, si j'étais parti à l'improviste, comme je le voulais d'abord! Une passion à demi assouvie, qui me serait retombée au premier jour sur le cœur plus

irritée et plus vive que jamais ! Ne vous y trom-
pez pas : c'est seulement dans cette voiture publique que l'histoire de ma vie commence. Tout
ce que je vous ai raconté avant d'en venir là, tout
ce que je pourrai vous raconter après tout cela,
c'est un hors-d'œuvre tout cela ; c'est un mesquin
détour de mon histoire, pour en venir, sans trop
d'égoïsme, à travers des noms sérieux et des faits
sérieux, à ma bouffonne et bien malheureuse passion. C'est maintenant surtout, que je suis calme,
maintenant que les parfums et les bruits de la danse
ne sautent plus autour de moi, vaines apparitions
tentatrices ; c'est maintenant que je le comprends
le vide qu'un amour incomplet peut laisser dans un
cœur ! Quand vous m'aurez compris, que vous
aurez pitié de moi ! Que cela vous fera hausser
les épaules, quand vous saurez à quels tourments
j'ai été livré par un simple scrupule d'amour, et
combien vivement j'ai couru après une chimère,
moi qui pouvais pénétrer dans le tourbillon de la
révolution de 89 ! J'imagine que tout à l'heure
vous allez me trouver bien extraordinaire, même
pour un Allemand.

Toutefois si mon histoire est étrange, je n'en
rougis pas, parce qu'elle est vraie, parce que je
trouve à présent qu'il y avait quelque chose
d'honorable à moi à vouloir compléter une sensa-

tion d'amour à une époque toute de vengeance et d'ambition : critiquez-moi donc à votre aise, et riez, si vous pouvez, quand vous saurez tout ce qui se passait dans mon cœur!

D'ailleurs, vous pourrez juger de mon embarras quand vous saurez que tel était mon trouble en sortant de la cour du coche, que j'éprouvai le besoin d'écrire à Barnave. Je me sentis si malheureux qu'il me fallut un ami, à toute force, dans cet égoïste pays où j'étais si fort étranger. Je pensai d'abord à m'adresser à Mirabeau, à lui demander le secours de son expérience dans cette affaire; je voulais le conjurer de me tirer du dédale de ce monde où je m'étais imprudemment jeté; je savais Mirabeau homme assez bon et naïf pour m'expliquer la fatale énigme dans laquelle je m'étais compromis, et pour ne pas la trouver ridicule : cependant, et comme malgré moi, à Mirabeau je préférai Barnave. Barnave, pour la confidence que j'avais à lui faire, m'embarrassait plus que Mirabeau, et cependant je le choisis, soit que je fusse attiré par l'espèce de connaissance que j'avais déjà de ses secrets, soit que je comprisse confusément que, plongé moins avant que Mirabeau dans la connaissance des femmes, et moins accablé des faveurs de cette espèce de hasard qu'on appelait

l'amour, il comprendrait plutôt mon secret, il y
serait plus sensible, il s'en occuperait avec plus
de zèle et de certitude de réussir. Je résolus
d'écrire à Barnave sur-le-champ.

Je sonnai. « Apporte-moi de quoi écrire une
lettre », dis-je au domestique qui accourut.

Le domestique sortit. L'instant d'après il revint
en apportant une plume et du papier.

« S'il plaisait-à-Monsieur, me dit-il, un pauvre
diable attend à sa porte, qui désire lui vendre un
encrier.

— Pourquoi donc tant de cérémonie, Guillaume ? tu sais bien qu'il me faut un encrier. »

CHAPITRE XLIII.

L'ENCRIER.

> Imbécile ! ton bras te suffit, et sur ton
> bras une veine, et sur ta veine un coup
> d'épingle, tu verras le diable ; et si tu
> crains l'odeur du soufre, bouche-toi le
> nez !
>
> CHARPENTIER.

Un homme entra. Il portait de ses deux mains une lourde et épaisse machine en pierre de taille, qu'il posa gravement sur mon bureau. Cette pierre avait la forme d'une tour, avec les créneaux, les cercles de fer, les petites fenêtres étroites et oblongues d'une tour ; tout au bas, et dans un trou qui représentait les fossés fangeux, l'encre flottait, image trop réelle de la limpidité des eaux du fossé.

« Qu'est-ce que cela, Guillaume ? m'écriai-je, qui vous a permis cette mauvaise plaisanterie, Monsieur ? » Guillaume ne me répondit pas.

L'homme qui avait apporté la machine prit la
parole : « Monseigneur, me dit-il, ceci n'est pas
une plaisanterie, il y a déjà longtemps que nous
ne plaisantons plus, nous autres du faubourg.
L'encrier que voilà, si informe, et dont la masse
épaisse jettera une ombre si triste sur vos pensées
de gentilhomme, regardez-le avec respect! je l'ai
façonné de mes propres mains avec une pierre de
la Bastille, après avoir renversé la Bastille. »

A ces mots, je regardai mon encrier avec un
muet étonnement.

L'ouvrier s'approcha de son ouvrage, il le con-
templa avec satisfaction, puis il reprit : « J'ai fait
ce que j'ai pu, voyez-vous, Monseigneur, je ne
suis pas très-habile maçon : il peut se faire que
cette tour ne soit pas positivement une tour, et
vous comprendrez facilement que, bien que j'aie
voulu figurer la Bastille, la vraie Bastille était
plus belle. Néanmoins, vous pardonnerez à l'ouvrage en faveur de l'ouvrier. Ce que je puis vous
assurer, c'est que la pierre que voilà a été tirée du
bon endroit. Telle que vous la voyez, elle appartient à la plus triste des quatre tours, à la tour de
la liberté : aussi remarquez, je vous prie, comme
la pierre est noire encore, comme elle suinte
encore. J'ai eu beau y passer la lime, l'exposer au
soleil et à l'air, cette pierre est restée humide et

poreuse comme la pierre d'une tombe d'église :
cela nuira peut-être à la qualité de votre encre,
mais aussi cela importe beaucoup à la valeur de
l'encrier. A coup sûr, cet encrier sort d'un cachot,
et d'un bon cachot; tenez, voilà encore la trace
d'un anneau de fer qui était attaché à ce coin-là!
Vous posséderez vraiment un excellent morceau
de la Bastille, Monseigneur! »

Cet homme aurait pu parler jusqu'au lendemain, je ne l'écoutais pas. Je me promenais dans
l'appartement, cherchant les recoins les plus recu-
lés et les plus sombres pour éviter l'aspect de cette
Bastille en miniature. La voilà donc réduite à
cette dimension frivole, cette vaste forteresse
qu'habita Louis XI! La voilà donc sur ma table,
imbécile jouet d'enfant, cette maîtresse souveraine
du vieux Paris! Toute la France guerrière et pen-
sante a été renfermée en ce lieu. Louis XIV s'en
est servi, aussi bien que Richelieu, de cette Bastille
si morne et si froide! Le grand Condé et Voltaire
ont été renfermés dans ces murs : l'un, vaincu par
la Bastille, tout grand qu'il était; l'autre, faible,
nu et pauvre, vainqueur de la Bastille. « Qu'es-tu
donc devenu, symbole des vieux pouvoirs? Est-ce
bien toi qui gis ainsi sur une table, prêtant la
boue de ton fossé à ma plume, toi prison éter-
nelle, toi sombre cachot où s'étouffaient les cris

des victimes, toi donjon où l'écrivain expia ses rêves, toi qui fis taire tant d'amours malheureux, tant d'opinions généreuses, tant de croyances religieuses, tant d'écrits que tu brûlais par la main du bourreau et dont les cendres jetées au vent ont fini par retomber sur ta tête comme un linceul? Ainsi je rêvais, et je revenais de temps à autre auprès de cette étrange relique du pouvoir absolu.

Puis je cherchais à me tout rappeler de cette histoire, je voulais découvrir dans cette prison en miniature la place où avaient pesé tant de grands hommes; puis il me semblait que ce monument, tout à coup infidèle à sa mission, rejetait par tous ses pores les pensées de révolte et de révolution que le pouvoir confiait à sa garde. Faites attention! et, si vous êtes attentif, vous verrez que ce n'est pas l'eau qui suinte présentement, ce ne sont pas les cris des misérables qui se font entendre : ce qui suinte par cette pierre, c'est le génie, ce qui ébranle ces murs épais, ce n'est pas le peuple, c'est la liberté des vieux âges qui éclate et qui lézarde ces vieilles murailles, et qui, par la plus amère dérision, a forcé ces vieux débris à prêter leurs flancs creusés aux travaux de la même pensée d'indépendance et d'égalité sociale qu'ils comprimèrent si longtemps!

Puis je me plaçais sur la plate-forme de la
tour, et, de cette hauteur, le spectacle le plus
animé et le plus dramatique s'offrait à mes regards. Je voyais le canon de la Bastille, sous les
ordres d'une femme, tirer sur le Louis XIV le
grand roi ; je voyais Voltaire, jeune encore,
penché et prêtant l'oreille à ces bruits du peuple
qui s'élevaient jusqu'à lui dans la république
sommeillante du faubourg Saint-Antoine! Re-
connaissez le peuple! Malgré la Bastille, malgré
ses canons, ses armes et ses forts, à cent ans de
distance, le peuple, souverain toujours, ouvre les
portes de la ville à Louis XIV enfant, à Voltaire,
vieillard octogénaire, deux despotes contre les-
quels la Bastille ne peut pas prévaloir !

Et moi, homme du vulgaire, moi qui suis
encore un prince quand personne ne l'est plus,
insipide amoureux d'une femme que je ne connais
pas, j'oserais tremper une plume adultère peut-
être dans ta vieille pierre, Bastille purifiée par la
vengeance du peuple! Moi je te ferais servir à un
frivole et incertain caprice de mon cœur! tu
serais là béante pour moi, et me regardant écrire
par tes rares fenêtres les fadaises d'une passion
sans raison! tu serais l'esclave bienveillante de
mes pensées les plus bizarres! et toi, reine de la
pensée de tant de grands hommes, et qui la faisais

jaillir si pure et si vive, tu assisterais au petit lever
de mon imagination insensée! Oh que non pas!
non, je ne profanerai point cette pierre consacrée
également par l'esclavage passé et par la liberté
présente; je ne la conserverai pas sur ma table,
muet témoin de mes égoïstes transports? « Rem-
porte ton encrier, mon ami; remporte-le : porte-
le, si tu veux, à Mirabeau, à Vergniaud, à Barnave, à Duport, à Lameth, à tous les heureux de
ce monde, qui font en France de l'éloquence ou
de la liberté! A ceux-là seulement un pareil encrier peut convenir. Ceux-là ont réduit en poudre
tous les vieux instruments qui servaient à donner
un corps à la pensée humaine, ils en ont inventé
de nouveaux et de plus sûrs ; ils ont brisé les
vieilles règles et les vieux freins même de l'éloquence ; ils sont grands, sublimes et politiques
comme on ne l'avait pas été avant eux. Si J. J.
Rousseau vivait encore, il faudrait lui porter
cette pierre, mon ami : car à l'écrivain isolé de la
foule, méprisant l'Académie, pensant et écrivant
seul, à lui seul il est permis de tremper sa plume
dans ce fragment de la Bastille, contre laquelle il a
levé la main le premier et quand personne n'y
songeait. Citoyen, je vous en prie, remportez
cette noble pierre ; elle est faite pour les grandes
pensées, pour les hardis courages, pour les pas-

sions populaires ; elle est toute neuve pour le
génie ; elle n'appartient qu'au génie utile. Portez-
la chez Duport, portez-la chez Bailly, si vous
voulez, mais, par pitié, qu'elle ne reste pas ici,
ôtez-la de ma vue ; jamais ce meuble ne servira à
mes froides et puériles passions ; jamais, jamais
je ne profanerai cette noble pierre, ce travail d'un
peuple entier, en l'usant au commérage vulgaire
de ma jeunesse. Encore une fois, éloignez de moi
cette Bastille, elle me fait peur ! »

L'homme partit, emportant fièrement la Bastille
entre ses bras : il alla la vendre à la comtesse
du Barry.

« Vous êtes un grand niais, Monsieur, dis-je à
Guillaume, avec vos encriers de pierre : l'écri-
toire de M. Dorat ou de M. de Mariveaux me
suffira. »

Guillaume m'apporta le cornet avec lequel il
faisait ses comptes de chaque jour.

Alors, en faisant mille efforts pour avoir du
sang-froid, j'écrivis à Barnave cette lettre qui me
paraît si fougueuse aujourd'hui.

CHAPITRE XLIV.

RÉCIT.

« As-tu vu la grotte où Didon entraîna le seigneur Énée?
— Si je l'ai vue! A telle enseigne
que j'y ai trouvé son mouchoir de poche
suspendu à un buisson. »

(Nouvelle inédite.)

L faut absolument que je vous parle,
Barnave; il faut que je vous raconte
une aventure qui me pèse au cœur, et
dont vous ne rirez pas, car vous me comprendrez
sans peine; vous verrez qu'il y a malaise au fond
de mon âme, et vous plaindrez votre ami, Barnave. Je sens à mon malheur que vous devez être
mon ami.

« Soyez indulgent, indulgent une fois pour un
jour de faiblesse. Hélas! vous me l'aviez conseillé
vous-même, j'ai voulu me jouer, comme tant d'autres, d'un sentiment d'amour, j'ai mis du hasard

dans mon amour. Insensé que je suis! je l'ai dépouillé de tous ses prestiges, de son parfum si pur,
de ses résistances si douces, de cette longue inti-
mité qui en fait tout le charme. Heureux autant
que je pouvais l'être, je l'ai été; une seule chose
me manque, une seule, un baiser, je ne l'ai pas:
il faut que je meure ou que je l'obtienne, ce baiser
que j'ai oublié dans mon ivresse. Comment faire,
Barnave?

« Ce fut, il y a trois jours, dans une folle
soirée d'hiver. J'avoue que ces joies extraordinaires n'ont jamais été de mon humeur : je pré-
fère, à ce peuple qui danse, une familière causerie
au coin d'un bon feu, quand la glace pend en fes-
tons à nos fenêtres. J'étais pourtant, ce soir-là,
confondu dans la foule, et vraiment la foule était
à voir! Aucun homme n'avait son visage : petits
marquis, arlequins, paillasses, magistrats, le gai
Bohémien, le langoureux Espagnol, la bergère du
Lignon, les précieuses de Rambouillet, et puis
des dominos tout noirs. C'était une rage de plaisirs; le tourbillon augmentait sans cesse, sans
cesse des cris de joie, sans cesse des propos d'a-
mour, sans cesse d'indiscrètes demandes! Toute la
ville était à cette fête nocturne. L'antique Venise
à ses beaux jours de courtisanes n'avait pas plus
d'abandon et d'ivresse dans le plaisir. Pour moi,

retiré à l'écart, j'observais tout ce spasme, tranquille, sérieux, calme et sans un désir. On aurait confondu mon masque et mon visage : il y avait aussi peu de passion sur mes traits que sur le carton. « Je te connais », me dit tout à coup une voix douce et flûtée avec cet accent d'innocence que j'aime tant dans les femmes de mon pays. De cet instant je ne fus plus seul dans ce bal. Figurez-vous, Barnave, une voix charmante, une taille élevée, des cheveux blonds, souples et dociles au joug du coiffeur, je ne sais quoi de vivant et de passionné dans le peu que je pouvais deviner dans ce visage inconnu ; une peau douce et blanche, un doux sourire dont le secret m'était révélé par le léger frisonnement de la dentelle jalouse. — « Tu « me connais ? lui dis-je ; tu es plus heureuse que « moi. »

« Elle prit place à mes côtés sans façon :

« Oui, dit-elle, je te connais : un homme vani-
« teux et jovial, triste et rêveur sans savoir pour-
« quoi, grand observateur de riens, grand faiseur
« de petites choses, très-médiocrement bon ou
« méchant, philosophe manqué, amoureux man-
« qué. Beau masque, tu le vois bien, je te con-
« nais !

« — Et toi, qui me connais si bien, qui es-tu toi-
« même, repris-je sur le même ton : une jeune et

« folâtre fille qui s'abandonne au hasard, une
« femme imprudente qui délaisse la couche nup-
« tiale, sûre d'éviter le danger; légère, inconsé-
« quente, jolie; à qui l'amour fait trop de peur,
« et que l'amour prendra ce soir. Beau masque,
« tu vois bien que je te connais! »

« Elle reprit toujours avec la même plaisanterie sentimentale, qui devait nous mener si loin:
« Que fais-tu ici, à cette heure? Pourquoi pas
« chez toi dans un calme repos? Qui es-tu toi, en-
« fant, enfant allemand, pour supporter cette vie
« galvanique à l'usage de toutes les vieillesses?
« Tu ne ressembles pas mal à ces sentinelles per-
« dues qui cherchent l'ennemi de tous leurs re-
« gards et qui s'endorment avant de l'avoir dé-
« couvert. »

« Et elle me dit mille autres folies pleines de
grâce et de goût, et je lui parlai comme on parle
à une femme qu'on aime déjà depuis longtemps,
et je me mis, imprudent que j'étais! à vouloir re-
faire tout ce doux visage. Je donnai une expression à cette bouche, un mouvement à ces yeux,
une couleur à ces longs cils; j'étais comme le sta-
tuaire à son dernier coup de ciseau : encore un
instant, voilà Galatée! « J'étouffe, me dit-elle,
« dans cette foule insipide! Ton regard m'expose
« à tous les regards; ne vois-tu pas que déjà nous

« sommes remarqués tous les deux? J'étouffe,
« donne-moi le bras et sortons! »

  « Nous quittâmes le bal, nous fûmes seuls. « A
« présent, lui dis-je, assis à ses côtés et près d'elle,
« et respirant sa chaude haleine, à présent, laisse-
« moi voir ton visage : que je sache si tu es bien
« celle que j'imagine, le bel ange que je me fi-
« gure! » Et je voulais la débarrasser de ce voile
importun.

  « Non pas, disait-elle, non pas, Messire, non,
« vous ne verrez pas mon visage cette nuit : à
« Dieu ne plaise que j'aille jouer sur un regard
« tout le bonheur de ma soirée! Je ne vous de-
« mande rien d'extravagant, je suppose, restez
« masqué comme moi masquée; fiez-vous à moi,
« comme à vous je me fie. » Et elle ajoutait je ne
sais combien de saillies vives et tendres, agaçantes
et timides. J'étais muet, j'étais fou. Cependant
tout à côté du boudoir où nous étions, les sons
bruyants de l'orchestre et les pas cadencés des
danseurs ajoutaient un enivrement mortel à mon
enivrement.

  « Au moins, repris-je, livre ton nom à mon
« oreille, au moins laisse-moi en partant un nom
« que je puisse murmurer dans mes beaux jours,
« un nom auquel je rattache une idée. Songez-y
« bien, Madame, je ne plaisante plus. »

II   6.

« Elle reprenait sur un ton incroyable de caus-
ticité féminine :

« Madame! A qui parles-tu donc, Pasquin? Ne
« vas-tu pas rompre, avant l'aurore, la seule éga-
« lité possible dans ce monde? ne veux-tu pas
« renvoyer, avant le jour, ce fraternel *toi* dans le
« séjour des ombres, comme un fantôme surpris
« après minuit? Quoi donc! tu veux être sérieux
« à propos d'amour, sérieux au milieu de la va-
« peur d'un bal masqué? Regarde autour de toi,
« la vie sociale se dénature, il n'y a plus ni rang
« ni sexe, nous sommes des frères et des sœurs :
« remets donc ce *vous* cérémonieux dans la vieille
« garde-robe de tes nobles ancêtres; il n'y a pas
« de nom propre pour celui qui n'a pas de visage
« à lui : un nom, c'est comme le visage, un signe,
« moins que rien; à la manière dont on a fait
« l'Amour, qu'importe un nom et un visage?
« L'Amour lui-même n'a-t-il pas un bandeau
« comme moi? Vis donc en paix et parle-moi
« sans façon, comme à une quakeresse de New-
« Island.

« — Eh bien! puisque tu n'as pas de visage, per-
« mets-moi de t'appeler une blonde aux yeux
« noirs; ne chagrine pas ma création fantastique,
« laisse-moi croire à l'émail de tes dents, à l'in-
« carnat de ta joue. Puisque tu ne veux pas avoir

« de nom à toi, permets-moi de t'appeler Élisa.

« — Pourquoi donc Élisa ? demanda-t-elle d'un
« ton légèrement chagrin.

« — Je n'ai pas de raison, je t'assure. Élisa est un
« nom que j'aime par espérance plutôt que par
« souvenir. Je n'ai connu aucune femme qui s'ap-
« pelât Élisa ; à moins de t'appeler Hélène, et c'est
« un nom que je ne veux pas profaner, pas même
« pour toi, il me semble que tu n'as pas d'autre
« nom possible avec la forme que je te donne. Il
« faut à toute force que je sois ton parrain, si tu
« veux que je sois ton père. Ainsi donc, te voilà
« mon Élisa pour une heure, si tu veux. »

« Elle reprit : « A tout prendre, j'aimerais mieux
« que tu me fisses ce sacrifice : je voudrais être
« appelée Hélène. Pourquoi pas Hélène, s'il te
« plaît ? Ne sommes-nous pas dans une nuit de
« profanation ? Appelle-moi donc Hélène, je te
« prie ; il fait nuit, nous sommes seuls : la femme
« qui s'appelle Hélène n'en saura rien.

« — Non, lui dis-je, Hélène est un nom qui ne
« m'appartient pas. Ce nom m'appartiendrait qu'il
« ne serait pas pour toi ni pour personne : c'est
« un nom consacré, un nom qui se porte à visage
« découvert, à la clarté du ciel, qui n'a jamais
« retenti répété par l'écho profane d'une salle
« d'Opéra. Laisse donc, je te prie, cette ambition

« subite, sois bonne et simple au moins une
« heure; dis-moi comment ton amant s'appelle,
« ou, si tu ne veux pas, contente-toi du nom que
« je te donne, appelle-toi simplement Élisa! »

« Je sentis sa main trembler dans la mienne;
évidemment elle était émue; elle soupira, puis
elle me dit doucement et avec un abandon plein
de charme :

« Je veux bien, je serai Élisa une heure, me
« voilà Élisa; Élisa aussi bien que Victorine;
« Élisa. Mais à présent que me voilà nommée,
« que me voilà refaite, donne-moi une place dans
« ce monde de ta création, une position sociale,
« comme vous dites, vous autres philosophes;
« n'abandonne pas à elle-même la pauvre créa-
« ture qui vient de sortir de ton cerveau. Me voilà;
« tu m'as dit qui je suis, tu m'as nommée Élisa;
« à présent je voudrais savoir ce que je suis, ré-
« ponds-moi. »

CHAPITRE XLV.

LE CRÉTIN.

Être un homme ou ne l'être pas! Il
y a si peu de différence qu'en vérité il
n'y a pas de quoi être fier.

MÉLANCHTHON.

J'EN étais là de ma lettre à Barnave,
occupé tout entier à écrire ma bizarre
aventure à ce jeune homme si grave et
si soucieux, que je connaissais depuis si peu de
temps, lorsqu'un bruit assez étrange s'éleva du
jardin. C'était un cri aigu, expression singulière
d'une gaieté moins qu'humaine ou d'un bonheur
plus qu'humain. Attiré par ce cri, je suspendis
ma lettre commencée, je mis la tête à la fenêtre et
je vis (chose étrange) un crétin qui jouissait de
son moment de bonheur, qui se béatifiait à sa
manière aux seconds rayons d'un soleil naissant,

étalé qu'il était sur le fumier de la basse-cour.

« Puisqu'il s'agit de bonheur, tu m'intéresses, crétin ; je veux savoir ce que c'est que le bonheur d'un crétin. » Je descendis dans la basse-cour pour étudier mon homme de plus près.

Comprenez-vous que le pauvre diable tournait le dos aux fleurs naissantes et à la grille verte du jardin! Indifférent au chant du coq, il écoutait avec ravissement le son criard d'une scie à marbre; il savourait, narines ouvertes, les vapeurs infectes de son fumier; toutefois, il était si beau dans cette jouissance à part, il y avait tant de passion dans tout son être, que je voulus l'en arracher à toute force. Nous sommes ainsi faits, nous mortels : un des nôtres s'arrange-t-il une passion à son usage, se crée-t-il un bonheur pour lui seul, nous faisons les sages aussitôt, nous arrachons impitoyablement notre frère à son fumier. Pure vanité !

Je fus cueillir une violette, une pâle violette cachée sous l'herbe humide, avec son doux parfum, ce faible parfum du sixième sens qui n'appartient qu'à cette tendre fleur. « Ceci vaut mieux que ton fumier, crétin ; efforce-toi de saisir ce parfum suave et de comprendre ton erreur. »

Il prit la fleur entre ses gros doigts, et il porta à ses larges narines cette âme fragile de violette;

mais il ne comprit rien à la pauvre fleur, et il la jeta avec dédain sur son fumier.

J'allai cueillir une rose, une rose aux cent feuilles, épanouie par le soleil de la veille, embaumée par la rosée du matin, une rose à la plus belle heure de sa vie ; je la cueillais à regret! Que voulez-vous? il s'agissait de donner un sens de plus à mon crétin.

Mais la rose eut le sort de la violette : elle n'obtint même pas un regard. Il me semble que je vois encore ses feuilles éparses, ses boutons écrasés, et que j'entends encore le cri aigu de mon crétin blessé par une épine.

« Pauvre jeune homme! il est donc bien décidé que l'odorat te manque. Je te plains! tu es privé du premier de nos sens. Pour toi, pas de larmes, pas de souvenirs, pas d'amour! » Lui cependant se repliait sur lui-même, il savourait lentement son bien-être. « Tu sens pourtant quelque chose, crétin ! »

A l'heure de midi, quand le soleil à son plus puissant rayon eut pénétré le fumier de la basse-cour, une légère vapeur s'éleva comme un nuage du sein de cet amas infect. Il est impossible que vous n'ayez pas suivi du regard, dans votre basse-cour de campagnard, ce nuage épais et lourd tout chargé de miasmes putrides : on ne sait quelle es

sa forme, s'il est de la terre ou du ciel; on ne sait
pas s'il est nuage; il n'a rien du nuage des cieux,
du nuage qui a glissé mollement sur la prairie,
qui s'est reposé sur le frais ruisseau, qui a rafraîchi
l'aride montagne : c'est un nuage de la terre, sans
forme, sans couleur, sans mouvement, sans vie,
un nuage de crétin. Mon crétin le vit s'élever
avec orgueil : il avait sans doute le secret de cette
émanation, de ce parfum plus compliqué excité
par le soleil; il était vainqueur, il foulait mes
violettes; ma rose était à ses pieds. Je l'ai vu, à
l'abri de ce nuage suintant dont il avait l'air d'être
le dieu, creuser un grand trou dans son lit de
paille pourrie, et s'y plonger presque tout entier
dans un recueillement qui avait quelque chose de
pieux.

Jugez de ma douleur et de ma honte, le crétin
complétait une sensation !

Cela me fit mal. Cette action de crétin, si digne
d'un homme raisonnable, m'enhardit à poursuivre
auprès de Barnave une confidence si pénible. Je
remontai dans ma chambre, et je repris ma lettre
commencée :

A BARNAVE.

« Je vous disais, Barnave, qu'elle me pria,
moi étranger, de devenir son parrain, de lui dire

qui elle était et ce qu'elle était dans ce monde que
je venais d'ouvrir devant ses pas. Cette question
m'embarrassa.

« Nous avons bien des formes dans le cœur et
des noms dans la tête ; mais une position sociale,
un état à un être de notre génie, à un fait de
notre âme, c'était une chose hors nature, un contre-sens de sentiment ; c'était comme ces drames
où il ne s'agit que d'une pièce d'argent ; vous êtes
toujours tenté, pour en finir, de tirer votre bourse
et de dire au héros de la pièce : « Prenez ! »

« Ta position sociale ? répondis-je enfin ; tu es
« tout ! Marche dans ta voie, enfant ; marche les
« yeux fermés, à droite et à gauche, il n'y a pas
« de précipice pour une femme ; il n'y a de préci-
« pice qu'une passion, mais il est rare qu'elles y
« tombent ; elles dansent sur les bords du gouffre,
« mais elles lui échappent ; elles cueillent la fleur
« sur le roc escarpé, mais elles redescendent sans
« danger au-dessus de l'abîme. Quel plus bel état
« voudrais-tu que le tien ? Tu es femme, tu es
« libre, tu es maîtresse, tu es tout ! Livre-toi donc
« à ta belle destinée, Élisa ! Le temps fuit, aimons-
« nous jusqu'à demain. »

« Et moi, plein d'amour, je saisis cette femme
inconnue, j'ouvris ses bras à mon amour ; ses bras
me retinrent avec une passion silencieuse et fré-

11   7

nétique. Oh! malheureux! je ne songeais qu'à
mes transports du moment, je me livrai à cette
femme comme à moi elle se livrait; inconnu à
elle inconnue, sans visage elle à moi sans visage,
délirante elle à moi délirant, à moi tout jeune, à
moi amoureux depuis si longtemps, timide comme
une jeune fille; à moi tout enivré de ce bonheur
inouï! Un grand bonheur, Barnave; je le croyais
alors; mais depuis, quand j'ai voulu partir, quand
j'ai vu des bourgeois compléter leur bonheur
vulgaire, que mon bonheur de cette délirante
nuit fut incomplet! quel atroce bonheur! quel
affreux cauchemar! Je fus heureux sans bonheur;
isolé et si près d'elle! une femme à moi sans un
souffle, sans un baiser! Elle et moi couverts d'un
visage menteur! Elle était à moi, elle vivait pour
moi, et j'embrassais un marbre! Tant de passion
et tant de glace! Mon Dieu! tant d'âme et
tant de mort! Pygmalion, ta statue n'est pas
bien animée, il y a encore trop de marbre.
Que ces lèvres s'entr'ouvrent, ô mon Dieu!
qu'il y ait un souffle dans cette bouche, un
mouvement sous cette mamelle gauche! J'aime
mieux attendre encore, j'aime mieux souffrir
encore; reprends ton cruel bienfait, dieu Pythien!
replace ma statue sur sa base toute froide, toute
insensible; donne-moi toute une femme ou tout

un marbre, ou je meurs le plus malheureux des mortels.

« Voilà ce qui m'arriva, Barnave, dans cette nuit funeste. Ne me dites pas, ô mon ami! que je suis encore une fois la pauvre dupe de mon cœur : non, il est des choses auxquelles la pensée humaine ne saurait se méprendre ; Élisa était un ange; il y avait tant de retenue et de décence même dans son abandon, que cet abandon, j'en suis sûr, je le dois à un mensonge, à un moment d'erreur ; c'est une femme que j'ai trompée et qui se venge à présent de cette erreur !

« Affreuse idée ! elle n'est que trop vraie. Élisa fut trop confiante et trop bonne pour avoir cru faire un crime. Élisa, je t'ai dérobée à toi-même ; je suis entré dans ton lit comme un voleur, j'ai entouré ta vie d'un piége inextricable, je t'ai mise dans le cas de rougir devant le premier homme qui par hasard te regardera en face ; je t'ai perdue, perdue sans réparation et sans retour ! Que dis-je ? Je me suis perdu moi-même, je me suis jeté dans un amour sans fin, j'ai pris mon bonheur à rebours. Je l'ai jeté aux vents, je l'ai indignement prodigué. Va chercher à présent la rose qui te manque, malheureux! complète tes papillons ou tes livres poudreux; plonge-toi dans ton fumier, crétin ! Qui me donnera à moi la fragile sensation

que je cherche? cette lèvre qui me fuit toujours,
où est-elle? Quelle est la femme de cet univers à
qui j'ai le droit de dire avant ma mort : « Élisa,
un baiser? »

« Un seul baiser, un seul, et après, ciel et
enfer! rien ne peut empêcher Élisa d'être à moi. »

CHAPITRE XLVI.

POST-SCRIPTUM.

C'est dans le post-scriptum qu'une
femme relègue sa pensée la plus tendre.

BERNARDIN DE SAINT-PIERRE.

E fermai ma lettre, puis je l'ouvris
pour y ajouter ce *post-scriptum* :

« Que dites-vous de tout ceci, Bar-
nave? N'est-ce pas une chose bien étrange que je
sois si malheureux d'un accident pareil? Quoi
donc! je ne l'ai pas vue, je ne la connais pas, et
je meurs! Quoi donc! elle a été à moi, à moi tout
entière, moins un souffle, et je meurs! Quoi
donc! je devrais peut-être, dans la corruption de
la ville, me féliciter de ne pas l'avoir vu, ce visage,
de ne pas l'avoir connue, cette femme qui se livre
à moi en vraie courtisane; et je meurs, je meurs,
cherchant vainement sous ma main, sur mon cœur,

dans ma tête, quelque chose qui fuit ma vue, qui fuit
ma main, qui fuit mon cœur! Oh! prenez pitié de
moi, vous qui êtes presque aussi jeune! Déjà une
fois j'ai été la victime d'une émotion intime; déjà
j'ai vu s'enfuir devant moi sur la grande route un
de ces gracieux fantômes que vous montre la jeunesse avec son sourire trompeur; mais cette première illusion de ma vie, sa perte ne m'a pas fait
de mal : elle a disparu trop tôt, elle s'est enfuie
avant que j'eusse aucun droit de la retenir; n'ayant
rien fait pour moi, elle ne m'a laissé qu'un regret
d'un jour. Mais mon fantôme, à moi, le fantôme
de ma nuit de folie, le fantôme que j'avais oublié,
qui m'est revenu tout à coup, là, au cœur, quand
j'allais partir; là, sous chacun de mes nerfs que
son souffle fait frissonner; là, sous mes lèvres qui
cherchent une lèvre amoureuse comme Tantale
cherche l'onde; ce mal affreux qui m'arrive tout à
coup, qui me brûle et me tue le sommeil, savez-
vous quelque remède à cela, Barnave?

« Vous voyez, je vous dit tout. Je crie : « Pitié! »
Ne me consolez pas, de grâce, comme un Français
console, par l'ironie et le sourire de la pitié; con-
solez-moi comme un Allemand veut être consolé,
en prenant la moitié de ma passion, en cherchant
avec moi cette femme inconnue, en m'aidant à la
retrouver, fût-ce le temps de la voir. Songez-y, il

faut que je la voie, que je la voie : le temps de la voir, Barnave ; elle pourra disparaître ensuite pour toujours. Mais il faut que je la retrouve, il faut que je la retrouve à tout prix ! Quelle que soit cette femme, n'importe ! Sortirait-elle d'un antre de débauche, j'ai un compte à régler avec elle, un compte à régler, Barnave : il faut que je le règle à tout prix, il le faut !

« *P. S.* Songez donc, mon ami, songez à ceci : il n'y a pas une heure que j'ai vu dans ma cour un homme qui se roulait sur le fumier pour compléter une sensation ! »

CHAPITRE XLVII.

STERNE.

Dans un temps de révolution, il n'y a
que deux moyens d'arriver : à pied sur
la grande route, ou à cheval sur cette
révolution.

M. CADET DE METZ.

A lettre écrite, je l'envoyai à son adresse ; puis, comme je ne pouvais rester à la même place, je sortis dans la ville. Je me mis à considérer mieux que je ne l'avais fait encore ce pompeux Versailles. Versailles était désert, car la cour était à Saint-Cloud ; Versailles, ville de marbre et de courtisans, ville chargée d'ennuis, qui se remplit et se dépeuple à certains jours, au bruit de la trompette des gardes qui viennent ou qui s'en vont, au moindre caprice de la royauté ; Versailles, la ville esclave, qui passe tout à coup de l'extrême bruit à l'extrême silence, qui est tout entière or et broderies, ou bien hi-

deuses guenilles et horrible pauvreté ; ville éphé-
mère comme tout ce qui est pouvoir, longtemps
souillée par la royauté et qui se perdra avec elle :
car ces souillures royales étaient sa vie, car ce
luxe volé, ces voluptés sans frein, cet éclat payé
de tant de sueurs, ces fêtes folles de Louis XIV,
fou d'égoïsme et d'amour, tout cela fut la vie de
cette ville prostituée. Le ruban d'or qui entourait
sa taille, courtisane parfumée, était son seul
gagne-pain et toute son industrie. En parcourant
cette ville sonore, on comprenait confusément que
sa prospérité sonnait creux ; que, vivant de vice et
de luxe, elle n'était pas destinée à vivre toujours ;
que ce palais dont Louis XIV seul fut le châtelain,
dont les deux rois ses successeurs ne furent que
les portiers, serait un jour trop étroit pour le
peuple souverain, pendant que ces hôtels de marbre seraient trop vastes et trop beaux pour de
simples citoyens. La mort pesait déjà sur cette
ville fameuse comme elle a pesé sur les villes des
lacs sulfureux de l'Écriture, comme elle a pesé
sur les villes profanes de la molle Ionie et sur
toi, Venise, ville détruite qui crus te soutenir par
le plaisir, et que le plaisir acheva.

Il y a trente ans que j'ai quitté Versailles, mais
on m'a dit que mes pressentiments s'étaient
réalisés, que la ville avait en effet succombé sous

le poids de ses habitudes paresseuses, que le
palais de tant de rois avait été redoré par un
soldat de fortune qui n'y coucha pas deux fois et
qui s'en occupa comme on s'occupe d'une brillante futilité qui amuse une heure. Quand je vis
Versailles pour la dernière fois, l'herbe croissait
déjà dans les places publiques, les jalousies de ces
maisons se fermaient silencieusement comme on
les ferme quand on part pour un long voyage.
Que l'herbe des rues paraîtrait longue aux pro-
priétaires de ces hôtels s'ils rouvraient leurs fenêtres aujourd'hui !

Ce jour-là, au plus fort de ces tristes réflexions, car rien n'est triste comme la mort
des villes, j'aperçus au bas de l'escalier du palais un étranger dont la figure douce et calme,
l'attitude aimable et le sourire bienveillant attirèrent tous mes regards. L'étranger se tenait
devant un autre personnage qui portait sur sa
poitrine une croix militaire et qui vendait des
petits gâteaux.

Je m'approchai de l'étranger ; il me salua.
« Voulez-vous manger un petit gâteau avec moi,
Monsieur ? La reine et le roi sont à Saint-Cloud,
et Leurs Majestés ne nous verront pas.

— Je suis bien sûr, répondis-je en acceptant
l'offre de l'étranger, que, si le roi et la reine nous

voyaient, plutôt que de nous blâmer, ils partageraient notre repas, Monsieur.

— La reine surtout, reprit mon homme en puisant de nouveau à la corbeille, surtout la reine : elle est si belle! Et puis, reprit-il, un gâteau qui a pour enseigne une croix de Saint-Louis, c'est quelque chose, Monsieur !

— Oui, répondis-je, et cette croix est la meilleure preuve que la reine n'a pas mangé de ces gâteaux; cette croix, elle l'aurait vue : elle découvre les malheureux de si loin !

— Et cependant, reprit l'Anglais, car il était Anglais, vous voyez bien cette dalle de pierre : elle s'est enfoncée de deux pouces depuis que ce brave officier est venu se poser à cette place pour la première fois. »

Et ainsi nous devisâmes, lui, l'officier et moi. Lui était affectueux, bienveillant et causeur; l'officier était simple et réservé; moi, j'étais fort à l'aise dans cette société d'honnêtes gens sans prétention, et je trouvais les petits gâteaux fort bons.

L'étranger était un causeur plein d'esprit et de finesse : dans sa conversation, il courait après les plus imperceptibles nuances de la pensée et des objets extérieurs. Ce même homme a fait faire à l'observation et à l'étude des mœurs des progrès

inouïs. Je ne saurais vous dire toutes les histoires
qu'il s'était faites; il en avait de charmantes à
propos de rien. Entre autres choses, il nous
montra ses gants, et il nous raconta comment il
les avait achetés et chez qui : « Dans une toute
petite boutique, Messieurs, une petite boutique
sombre, dont la maîtresse est blanche et douce
comme la soie. Je m'y suis reposé avec délices en
allant à l'Opéra-Comique l'autre soir. »

Ainsi, la confiance s'établissait entre nous ;
j'étais tout oreille. Le bon chevalier de Saint-
Louis souriait doucement à sa corbeille à peu
près vide; l'étranger allait nous dire toute sa vie,
quand je ne sais plus quel grand seigneur, qui
m'avait vu à la cour et qui descendait le grand
escalier, m'accosta en me saluant en termes pompeux et qui me firent rougir, je ne sais pourquoi.

Au premier salut du courtisan, le pauvre chevalier de Saint-Louis releva la tête ; il prit sa corbeille des deux mains, et se retira lentement d'un
air calme et résigné. L'étranger le suivit en me
jetant un regard de reproche qui m'alla au cœur.
Je les suivis longtemps des yeux l'un et l'autre,
et, quand ils eurent disparu, je sentis que je les
aimais.

Je fus désespéré alors de les avoir perdus si
vite. « Mon Dieu, Monsieur, m'écriai-je en parlant

au courtisan, que vous me faites de mal ! Vous me tirez de la plus agréable conversation qui se puisse entendre : ces deux hommes sont vraiment d'honnêtes gens. Pourquoi donc votre aspect leur a-t-il fait tant de peur ?

— Mais, reprit l'homme doré, je l'ignore. L'un est un pauvre diable qui a la rage, malgré la consigne, de faire son commerce sur les marches du château ; l'autre, savez-vous qui est l'autre ?

— Je voudrais bien savoir son nom, répondis-je avec empressement.

— Je vais vous le dire, monsieur le comte, et, quand vous le saurez, plaignez-vous encore de mon interruption ! L'autre n'est rien moins que le fou en titre du roi d'Angleterre, à qui je viens de faire délivrer un passe-port.

— Et son nom, je vous prie, Monsieur ?

— Dame ! Monsieur, un nom de bouffon : il s'appelle Yorick.

CHAPITRE XLVIII.

DÉFINITION.

Tu me parles trop des plis tortueux
de ton monstre, Racine : je n'en ai plus
peur.

SCHLEGEL.

LE lendemain, je vis Barnave. Il avait reçu ma lettre, il venait y répondre en personne. En le voyant, je me sentis frémir. Il y avait dans l'expression de sa figure je ne sais quoi de moqueur et de solennel. Quand il entra chez moi, j'étais assez calme, et, me souvenant confusément de la lettre que je lui avais écrite, j'en eus honte un instant, et je me trouvai incapable de lui adresser la parole le premier.

Pour lui, il n'était peut-être guère moins embarrassé que moi. Je devinai son embarras tout d'abord à son ton de plaisanterie et de gaieté.

« Vous avez, me dit-il, une passion singulièrement allemande dans le cœur, et je ne vois pas de

quel droit vous preniez en pitié le fou de la reine
l'autre jour. » Puis, voyant que je gardais un silence obstiné :

« Dans le fait, reprit-il, je conçois peu votre
embarras. A tout prendre, l'accident qui vous
arrive est un accident heureux. Une seule femme,
que vous ne connaissez pas, si vous savez profiter
de l'aventure, peut vous tenir lieu de toutes les
femmes. Pauvre fou, qui vous plaignez de ce masque quand vous devriez vous en féliciter! Ce
masque, Frédéric, aux yeux d'un homme qui
saurait être sage, il ne cache pas une seule femme,
il les cache toutes : toute la France, elle est sous
ce masque, si vous voulez. Vous me demandez:
Où est-elle cette femme qui s'est donnée à vous?
Je vous demande, moi: Où n'est-elle pas? Dites-
le-moi. Vous vous amusez à lui donner un nom;
je vous demande, moi, quel est le nom qu'on n'a
pas le droit de lui donner? Ignorez-vous donc,
ingénu, que l'amour dans lequel vous êtes tombé,
c'est l'amour de notre époque, tel que nous l'a-
vons fait, un amour placé à distance, qui se fait
honteux à défaut de grâces, et qui se cache de
peur qu'on ne s'aperçoive qu'il ne sait plus
rougir!

— Mais, répliquai-je, vous ne m'avez donc pas
compris, Barnave? Je ne me plains pas de la fri-

volité de l'amour français, je n'en veux pas à ses
mystères ; au contraire, je l'accepte volontiers, tel
qu'il s'est fait, facile et à la portée de tous. En ceci
je suis plus heureux que vous peut-être, qui l'a-
vez mis à un si haut prix. Ce qui m'inquiète et ce
qui me jette dans le malheur où vous me voyez,
c'est qu'il est impossible que, même en France,
l'amour soit aussi incomplet que vous le dites,
aussi incomplet que je l'ai éprouvé ; il est impossible que l'oubli dont je me plains et dont je souffre — car je souffre — soit une nécessité de vos mystères d'amour. Au nom du ciel, Barnave, aidez-
moi à combler cet abîme, ou bien tout le repos
de ma vie est perdu ! »

Ici Barnave, sans me répondre, se parlait à lui-
même :

« O bizarre, bizarre destin ! dit-il ; une monarchie est en péril, un peuple est renouvelé, toute
l'Europe est haletante à l'annonce des plus grands
événements qui auront agité le monde, Mirabeau
est à la tribune, éclipsant tout ce qui se présente ;
moi, Barnave, moi homme du peuple, élu du
peuple ; moi qui fais des lois, je suis consumé
d'un amour sans remède ! horrible amour, qui me
jette à l'âme autant de honte que de peur ! Je me
trouve à présent entre deux révolutions : une révolution au dehors de moi, une révolution au

dedans de moi-même; et, ainsi agité dans cette
France ainsi agitée, il faut que je m'occupe sérieusement de compléter une intrigue de bal; il faut
que je soulève de cette main de tribun le masque
noir d'une femme; il faut que j'assiste aux premiers commencements d'une passion finie! Joli
métier pour toi, Barnave! Et cependant, ajouta-
t-il en me prenant la main, cependant, Frédéric,
je ne trouve pas cela ridicule, nullement ridicule,
je vous assure. Je suis assez malheureux pour res-
pecter toutes les passions : cherchons donc, puisque vous le voulez, quelque remède à vos douleurs d'amour.

— Il faudrait, repris-je un peu rassuré, découvrir quelle était cette femme et comment elle était
venue à ce bal, et pourquoi elle m'a choisi dans la
foule et puis laissé là, sans me dire : « Au revoir! » Cela doit être difficile de la retrouver,
n'est-ce pas?

— Difficile? reprit Barnave; comment l'entendez-vous, Frédéric? Pas absolument difficile;
j'imagine que, ne tenant qu'à compléter cette
douce sensation d'amour, et ne sachant que ceci
de votre histoire : *c'est une femme!* une femme
doit suffire. Alors, mon ami, comme je vous le
disais tout à l'heure, vous êtes le plus heureux
des hommes! Allons, monsieur le comte, faites-

vous beau, endossez votre plus bel uniforme, allez
à la cour, parcourez la ville, regardez toutes les
femmes : la ville et la cour sont chargées de belles
femmes. Choisissez, jeune homme, dans cette
foule, et, quand vous aurez rencontré assez de
beauté, de jeunesse et de grâces, penchez-vous sur
ces lèvres de rose, humiliez-vous, demandez la
permission de les toucher de vos lèvres, ou plutôt
n'attendez pas qu'on vous la donne, cette permission ; dérobez la sensation qui vous manque, sauf
après à en demander pardon, et votre roman sera
fini, homme heureux ! »

Et, voyant que le remède était trop grand pour
le mal : « Non, non, dit-il, ne faites pas cela ;
recommencez plutôt un autre amour, un amour
complet ; retournez au bal et gardez assez de sang-
froid pour arracher le masque de la première qui
se livrera. Vous avez raison, il faut qu'un bonheur soit complet. Point de moitié de bonheur :
je n'en veux pas pour moi ; nous n'en voulons pas,
nous autres qui avons une âme. Et cependant,
Frédéric, moi, moi qu'un abîme sépare de mon
amour, si j'avais touché seulement sa main, si son
regard était tombé sur moi agenouillé à ses pieds,
si j'avais seulement entendu sa voix m'appeler
par mon nom : Joseph Barnave ! voyez-vous, mon
ami, je n'aurais plus été Barnave ; je serais des-

cendu de cette tribune où je suis le second, j'aurais déserté la cause de Mirabeau, la cause du peuple ; j'aurais tout foulé aux pieds, honneur, devoir, conscience ; et, plus sage, plus amoureux que
vous, j'aurais trouvé que mon bonheur était complet ; j'aurais été heureux autant qu'un mortel peut
l'être. Mais elle n'a pas voulu, Frédéric ; mais elle
ignore si je vis seulement. Bien plus, c'est vainement que j'ai élevé la voix, et une voix puissante
dans les affaires de ce monde ! je n'ai pu attirer
une seule fois son estime ou sa colère ; elle ne m'a
pas vu une seule fois dans la foule : elle ne me
connaît même pas assez pour me mépriser, assez
pour me craindre ; je n'ai excité dans son âme ni
espérance ni désespoir, et, dans ses plus grandes
terreurs, c'est à un autre que moi qu'elle pense
pour trembler ! Cela est bien honteux, Frédéric ! »

Disant ces mots, Barnave était hors de lui. Je
le regardais avec un étonnement qui le décon-
certa ; il s'aperçut de son trouble, et, reprenant
tout son sang-froid :

« Vous voyez, me dit-il, que votre passion
n'est pas la seule ridicule. J'en ai, moi aussi, des
passions inexplicables, mais j'en suis le maître :
loin de m'en laisser abattre, comme vous, je
m'en sers pour avoir du cœur. D'ailleurs, quelle

que soit la passion qui occupe les hommes,
croyez-moi, elle est toujours couverte d'un
masque; le plus sage est donc de ne pas chercher
à le soulever, ce voile fatal : quel imprudent
peut être assuré de ne pas se repentir quand il a
osé y porter la main ? »

Il reprit, et il avait un air de résolution
effrayant : « Voulez-vous absolument que je vous
dise quelle était la femme de votre bal ? Je la
connais, je l'ai vue, je puis vous dire qui elle
était si vous l'exigez; mais prenez garde à le
savoir : vous ne me le pardonnerez pas peut-être.
Mettez la main sur votre cœur, Frédéric, et, si
vous voulez la connaître, dites-moi : « Je le
veux. »

— Je veux savoir qui elle est. Quelle est cette
femme ? où est-elle ? Que me voulait-elle à moi,
Barnave ? Barnave, je le veux à tout prix, dites-
moi son nom, par pitié !

— Prenez garde, jeune homme, répondit Barnave, vous vous repentirez amèrement de votre
curiosité fatale ! Prenez garde, c'est souvent un
terrible malheur que la science ! Que cet amour
inconnu qui vous charme vous fera peur quand
vous le connaîtrez ! que ce nom que vous cher-
chez sonnera tristement à vos oreilles quand vous
l'aurez entendu ! combien les faveurs de cette nuit

d'ivresse vous paraîtront trop complètes quand
vous saurez d'où elles viennent! Mais, puisque
vous le voulez absolument, ce nom que vous
voulez savoir, je vais vous le dire : prenez courage, Frédéric! »

J'attendis.

Il reprit en ces termes : « Vous connaissez, ou
du moins vous avez vu sur le chemin de Luciennes une femme à la démarche élégante et
molle, à la taille svelte et légère, œil vif et regard
effronté. »

Je répondis, déjà fort inquiet : « Je ne suis
jamais allé à Luciennes, Barnave.

— N'importe, c'est une femme qu'on trouve
partout : en haut, en bas, au château et en mauvais lieux. Les uns la saluent jusqu'à terre, par
habitude ; les autres font semblant de ne pas la
reconnaître, les ingrats ! les femmes la méprisent
par un reste d'envie. Pour elle, arrogante comme
une fille, elle méprise également ces respects et
ces dédains ; elle marche le front levé dans ce
Paris dont elle fut la souveraine, et elle va partout en simple femme qui est restée femme et
reine en dépit de tous les changements de son
visage et de sa destinée.

— Mais, repris-je, toujours plus ému, si je vous
comprends bien, cette femme dont vous me par-

lez, c'est une vile prostituée, une honteuse personne élevée par le vice, grandie par le vice, qui
a vécu de honte et d'infamie; c'est une femme
déjà fanée, Barnave, qui a fait verser les pleurs
du misérable, qui a rempli les bastilles et vidé le
Trésor.

— Oui, dit Barnave, c'est cela pour quelques-
uns; mais pour les autres, c'est une délicieuse
créature, encore vive et passionnée; c'est une précieuse relique de l'amour, comme l'entendaient
les vieux Bourbons de France durant le pouvoir
absolu; c'est une savante femme à chasser les
nuages qui entourent un front même couronné;
c'est un jovial cynique parfumé, vêtu de gaze et
chargé de fleurs; c'est un des lutins de Cazotte le
prophète; c'est mieux qu'une femme, Frédéric:
il y a bien des jeunes gens, et des plus beaux, qui
la rêvent. Comprenez-vous? c'est la seule chose
qu'ai regrettée le roi Louis XV dans ce beau
royaume qui fut à lui le dernier. »

Je me levai presque désespéré. « Assez, assez,
Barnave; cessez, de grâce, cette cruelle moquerie!
Non, ce n'est pas cette femme; non, ce n'est pas
elle qui cacherait son visage; ce n'est pas elle qui
serait chaste dans ses emportements; non, une
vieille coquette qui a traversé la taverne du
mousquetaire et le palais du roi, n'a pas cet

abandon timide et discret; non, Barnave! Et puis,
Élisa, je vous l'ai dit, Élisa porte de blonds
cheveux, sa peau est blanche comme le satin, sa
joue nue et simple se pare des fraîches couleurs
de la santé et de la jeunesse, son accent est aussi
allemand que français; Élisa est née sous le ciel
de l'Allemagne, j'en suis sûr. Vous vous trom-
pez, Barnave, ce n'est pas celle dont vous parlez. »

Barnave recula de deux pas. « Ah! dit-il, la
chose est étrange! »

Puis il reprit lentement : « Blonde, élégante
dans sa taille, la peau blanche et rose, la main
faite au tour, l'apparence et l'accent d'une Autrichienne! »

Barnave parlait tout haut. Il n'était plus ni à
moi ni à mon aventure.

Cependant un homme était entré dans l'appartement sans se faire annoncer.

« Prenez garde, Messieurs! C'est trait pour
trait le portrait de la reine que vous faites là, »
dit Mirabeau.

Barnave se retourna comme s'il eût entendu la
foudre. A l'aspect de Mirabeau, il poussa un cri
d'effroi; puis, couvrant sa face de ses deux mains,
il s'échappa avec les signes du plus violent
désespoir.

Je restai atterré et frappé de stupeur!

CHAPITRE XLXIX.

DÉCOURAGEMENT.

> Dans la vie la mieux remplie et la
> plus occupée, il arrive une heure où le
> dégoût l'emporte tellement, même sur
> la gloire, qu'il y a à coup sûr un sui-
> cide physique ou moral.
>
> AL. ROYER.

MIRABEAU suivit du regard Barnave qui s'éloignait. Il y avait dans ce regard de l'intérêt et de la pitié. « Noble jeune homme, dit-il, sublime enfant, dont le cœur vaut encore mieux que la tête! facile génie dont l'éloquence n'a pas d'égale! Barnave, la vie t'emporte, la passion te perd, tu as trompé ta vocation en te faisant révolutionnaire; Barnave, tu n'es pas à ta place sur ces bancs d'égoïstes, toi né pour le dévouement et pour l'amour!

« Mais, dites-moi, monsieur le comte, quel chagrin presse Barnave? pourquoi fuit-il ainsi à mon aspect?

— Vous êtes entré dans un de ces moments de malaise qui attristent souvent notre ami, répondis-je, et il n'eût pas voulu être surpris, surtout par vous, dans cet état de faiblesse dont lui-même il rougit.

— C'est grand dommage, en vérité, que toute cette âme et tout ce cœur en soient réduits à tant de faiblesse ! dit Mirabeau ; c'est un des malheurs de cette époque indécise sur les jeunes âmes : fatale époque, qui ne sait où elle pourra s'arrêter, et qui a déjà peur du chemin qu'elle a fait. En vérité, c'est une grande faute d'aller si vite quand on marche dans un sentier si mal frayé et si obscur !

— Je vous avoue, Monsieur, que je ne m'attendais pas à trouver ces regrets dans la bouche de Mirabeau. Il me semble que si la France marche vite et si elle parcourt des sentiers obscurs, c'est vous qui l'avez voulu ! C'est votre main qui l'a poussée hors des sentiers battus, c'est aux accents de votre voix qu'elle s'est mise à courir çà et là, échevelée et saisie de terreur. Voyez, Monsieur, que d'épouvante ! le trône est ébranlé, la cour se couvre de deuil, l'ardente calomnie entoure incessamment votre jeune reine ; le vieux temps est perdu, les vieilles mœurs sont effacées, les ruines s'amoncellent dans ce royaume où rien ne se fonde ; le hasard, aveugle dieu, préside aux destinées de ce beau royaume; mille prédictions sinistres pèsent sur lui; plus d'appui pour le trône ni au dedans ni au dehors; la vieillesse des uns et la jeunesse des autres lui sont également funestes. En vérité, je ne sais rien de plus triste que cette position des affaires qui ne fait le bonheur de personne; il est vrai qu'elle a fait votre gloire à vous, Mirabeau, mais elle vous a laissé malheureux. Triste position, qui a réduit notre Barnave à cette lutte terrible de son esprit et de son cœur, qui le perdra, n'en doutez pas ! »

Mirabeau se prit à réfléchir profondément.

« J'avoue, reprit-il, après un instant de silence, j'avoue en effet que ce sont là de grands malheurs généraux et particuliers. Toutefois, c'est bien malgré moi que le trône en est venu à cette extrémité. De ma nature j'aime et j'estime le pouvoir royal; rien ne m'eût été facile comme d'oublier les abus cruels du pouvoir sur ma personne et sur ma liberté. Malheureusement c'est un pouvoir mal conseillé, aveuglé par des amis perfides et dont les entourages gothiques ont causé la ruine. Croiriez-vous, Monsieur, que moi, Mirabeau, j'ai été longtemps dédaigné par cette cour frivole? moi, roi de la tribune, moi, victime si longtemps du pouvoir absolu ! Le pouvoir absolu, quand j'ai

été puissant à mon tour, a longtemps dédaigné
mon alliance et ma protection, la protection de
Mirabeau! Alors force m'a bien été de marcher
en avant et d'aller toujours, et de ne m'arrêter
qu'à une humble prière ; et si la cour m'a supplié
trop tard, tant pis pour elle, c'est la faute de son
orgueil et non pas la mienne, à moi, abreuvé de
tous ses dédains. »

J'observais Mirabeau disant ces paroles. Son
front était chargé de nuages, son visage si ouvert
et si franc s'était contracté sous une sensation
pénible; il y avait dans toute sa personne quelque
chose qui ressemblait au remords, mais à un
remords combattu. Tout en voyant Mirabeau, je
ne pouvais m'empêcher de penser à Barnave, à
Barnave qui m'avait quitté si malheureux!

Et de Barnave je revenais à moi-même. « O misérable, quel lit as-tu souillé? quelle femme as-tu
profanée? quel nom Mirabeau a-t-il fait entendre
à tes oreilles? quelle est la passion qui brûle ton
cœur? » Et mes transes étaient cruelles. Et toutes
les calomnies colportées contre l'inviolable majesté de la reine arrivaient tout à coup à ma
mémoire, et je me voyais jeté tout à coup dans un
abîme sans fond dont rien ne pouvait me tirer!
Nous gardâmes ainsi le silence, Mirabeau et moi:
lui, plongé dans une méditation profonde; moi,

cherchant à me rassurer moi-même et tout le premier sur les terreurs de Barnave, à me persuader que la cause de son désespoir était un mensonge. La seule idée que cette erreur fût possible, la description insouciante de Mirabeau, et ce nom royal placé avec tant d'insouciance sous le portrait incomplet tracé par ma passion, toutes ces choses me faisaient peur. C'est un pénible travail d'abaisser à notre niveau une passion trop haut placée et qui vous épouvante même quand vous l'avez atteinte sans le savoir!

Mirabeau reprit la parole : « Cependant, Monsieur, me dit-il en secouant la tête avec fierté, il y aurait de la lâcheté à désespérer du trône : avec la constitution tout peut se réparer encore. Les mêmes hommes qui ont poussé le royaume à ces progrès inouïs peuvent, je pense, y mettre un terme; pour arrêter la France dans sa course comme pour lui donner l'impulsion, sans doute la même force suffira.

— Et voilà précisément, monsieur le comte, où est mon doute. C'est un singulier maître que le mouvement : quand une fois on lui a livré l'âme d'un peuple, quand une fois le peuple aveugle s'est mis en marche emportant les vœux, les espérances et les craintes d'un royaume, il est bien

difficile, même à la voix la plus forte, de lui dire :
« Halte là ! »

— Voilà ce que je ne croirai jamais, Monsieur,
qu'il puisse y avoir quelque part du mouvement
en dépit de ceux qui l'ont imprimé. J'avoue toutefois que je doute, et ce doute m'est fatal. Il faudra voir ce que je puis contre le char de la révolution que j'ai lancé. S'il ne faut que mon cadavre
sous sa roue pour l'arrêter, je me placerai tout
vivant sous sa roue : car, entre nous, cette vie me
fatigue et me pèse ; cette royauté populaire me
poursuit comme une honte. J'étais peut-être né,
comme mon cousin le duc de Guise, pour des dissensions armées, des guerres civiles, des révoltes
de citoyens ; mais jamais je n'aurais aimé ces sédi-
tions et ces révoltes que pour venir, après un jour
de victoire, m'agenouiller orgueilleusement devant la majesté soumise de mon roi ; j'aurais été
heureux et fier de me montrer sujet fidèle, après
avoir prouvé que j'étais un sujet à craindre. Mais
à présent, que la sédition est changée ! que la révolte a perdu d'attraits depuis qu'elle n'aboutit
plus au pied du trône ! Combien me fait peur
une sédition de guenilles et aux mains sales ! Que
m'importe, en effet, d'avoir brisé le joug flexible
de la cour, s'il faut porter le joug plus humiliant
d'un autre souverain qu'on appelle le peuple !

Sous cet étrange souverain que nous nous sommes donné, l'esclavage change et devient plus insupportable et plus dur. Moi-même, moi, le maître de ce peuple dont j'ai retrouvé le nom perdu après que Montesquieu eut retrouvé ses titres égarés, à quelles humiliations ne suis-je pas soumis par son caprice! Allons, Mirabeau, parle haut, dis ceci, dis cela, si tu veux qu'on t'applaudisse! Allons, Mirabeau, notre historien Mirabeau, de la colère ou de la haine, si tu veux que nous soyons contents! Allons, Mirabeau, emporte-toi, éclate et tonne, prie et pleure et calomnie, marche au gré de nos passions, renverse et brise et tue, si tu veux être populaire! Popularité fatale! humiliante protection! indigne succès! A ce vil métier j'ai perdu toute ma personnalité, toute mon âme ; pour cette vile royauté j'ai renoncé à mes préjugés les plus chers; j'ai brisé ma précieuse couronne de comte, que j'avais défendue contre les Caraman eux-mêmes; je suis devenu un fanatique, moi insouciant et heureux sceptique; je me suis fait homme de passion exaltée, moi frondeur malicieux, moi bonhomme. Mes vices, mes vices si chers, je les ai même oubliés, je leur ai imposé un frein, je me cache pour aimer, je me drape en vertueux, je m'ennuie; la vie n'a plus d'attraits pour moi, elle me pèse comme un fardeau dérobé. Je sens dans

mon cœur le plus poignant des remords, non pas
le remords d'un crime sans remède, mais le remords d'une folie sans excuse, le remords d'une
faute! Quand je songe que l'opposition n'est plus
de mon côté, que c'est moi qui suis le maître, et
qu'il y a à défendre là-bas une monarchie de
quinze siècles; quand je me vois à présent le maître sans contredit, sans obstacle, le maître souverain, et là-bas une reine de France, une femme!
et que moi je suis là frappant cette monarchie à
terre, méprisé par cette reine, moi gentilhomme!
odieux à cette femme si belle, moi si cher aux
femmes, si aimé des femmes et qui leur dois tant!
Non certes! non, cela ne peut pas durer: il faut
que je sorte de ce malaise et de cette honte, il faut
que j'en sorte à tout prix. »

Mirabeau était désespéré, il attendait une réponse, il hésitait.

« Ne craignez-vous pas, lui dis-je, de rencontrer des obstacles, même dans votre bonne volonté
pour la cour?

— Vous voulez parler des courtisans, reprit-il.
Vous avez raison, c'est une race dangereuse. Mais,
populace pour populace, tout bien pesé, j'aime
encore mieux celle-là : celle-là rampe, et je l'é-
crase d'un regard; l'autre commande, et c'est moi
qui la flatte. La plus dangereuse des populaces,

c'est la vraie populace, qui hurle et qui s'en va
dans la rue la poitrine nue, la tête découverte,
sans souliers à ses pieds et sans chemise sur son
corps, et qui se croit peuple, et qui a cru me faire
une grâce en me permettant à moi la poudre à
mes cheveux, une voiture, et derrière ma voiture
un laquais. Décidément, c'est un parti pris, là,
dans mon âme, là, dans ma tête : sujet, je reviens
au roi; homme, je reviens à la reine. Seulement, dites-moi, dans cette grande résolution
que je prends aujourd'hui, voulez-vous me
servir?

— Vous ne doutez pas de mon zèle à vous servir, Monsieur : je suis tout à vous, ordonnez. A
mon premier voyage à Versailles je l'ai promis à
Barnave, pour sauver la reine de France, pour
sauver la sœur de notre empereur, rien ne me
coûtera, rien ne doit me coûter; ma vie est à vous
à ce prix, Mirabeau : je suis à vous corps, âme et
biens; parlez!

— Ainsi donc, ce soir à onze heures, vous con-
sentez à me prêter un cheval et à me suivre vous-
même, vous tout seul, à un rendez-vous de cette
nuit?

— Mes chevaux seront prêts à onze heures.

— Il faudra prendre garde d'être remarqué ce
soir. Il y va du salut de la monarchie, il y va de

ma vie, qui va devenir utile, songez-y : car bien
certainement, si le loyal parti dont je me suis fait
l'esclave vient à me deviner, je suis mort ; et, en
vérité, après la résolution que je prends, je serais
fâché de mourir.

— Et ce serait dommage, Mirabeau, en vérité,
si vous veniez à mourir avant d'avoir mis à fin
cette résolution de génie et de vertu ; et ce serait
un grand deuil pour les âmes intelligentes qui
vous suivent dans l'ardente carrière que vous parcourez ; et ce serait un coup fatal qui dérangerait
toute l'harmonie de cette lutte inégale entre le
roi et le peuple, à laquelle seul, tout seul, vous
pouvez mettre un terme ; et, pour ma part, ce serait
une profonde douleur de vous perdre quand je
commence à vous connaître, vous grand homme,
vous mon héros !

— Votre héros ! après Barnave pourtant.

— Barnave est si malheureux !

— Ajoutez, Frédéric : et si jeune, si passionné,
si plein de conscience, si rêveur, si fou, si cruellement marqué par le destin, marqué à mort. » Ici
il passa la main sur son front en relevant sa crinière.

« Mais qui de nous n'est pas frappé à
mort ? Moi-même je sens à mon front le signe
fatal. »

Puis, se retournant vivement vers moi : « Ce soir, à onze heures, dans votre cour.

— Les chevaux et le courrier de monsieur le comte seront prêts à partir. »

CHAPITRE L.

LA DÉFAITE.

> Avez-vous le diable au corps, mon-
> sieur Falconnet, de me faire jaboter
> comme un sot et d'enfourner dans un
> courant d'étude ma tête, que d'autres
> travaux réclament?
>
> DIDEROT.

A onze heures du soir nous étions à cheval. Mirabeau se mit en selle avec l'habitude d'un excellent cavalier. Avant de sortir dans la rue, il s'enveloppa dans son manteau, il baissa son chapeau sur ses yeux. D'abord nous marchâmes avec précaution, nous fîmes plusieurs détours pour n'être pas suivis; puis bientôt, quittant Versailles, nous entrâmes dans ces bois épais qui mènent de Versailles à Saint-Germain. La nuit était sombre, le vent agitait la cime des arbres, l'herbe se froissait sous les pas des chevaux, le gibier de la forêt passait et repassait avec mille bruits confus. Mirabeau marchait le premier; moi, je le suivais en silence avec l'obéissance passive d'un soldat qui suit son colonel, et sans avoir demandé où nous allions.

J'en étais venu encore une fois à jouer le rôle secondaire auquel je m'étais vu condamné dans le principe, le rôle d'un agent sans intelligence, qui ne sait même pas pourquoi il est dévoué, et qui cependant se dévoue, entraîné par un pouvoir supérieur auquel il est forcé de se soumettre. Me voilà donc, moi aussi, subjugué par Mirabeau, homme de sa suite, le suivant en aveugle et sur de vagues promesses, échappées peut-être à un moment de découragement et d'ennui. Mirabeau, le Mirabeau populaire, le voilà qui trahit sa cause; le voilà qui revient comme par instinct à ses amours primitives de gentilhomme; le voilà qui va sauver le trône qu'il a perdu. Il se glisse dans la nuit comme un criminel, cachant son visage, dissimulant sa route, livré à toutes les angoisses d'une passion nouvelle, d'un nouvel avenir, et d'un passé qui le lie si étroitement avec les principes qu'il va combattre. A quelle lutte terrible son âme devait être soumise alors! quelles pensées sinistres devaient l'assaillir! Ce n'était plus, comme autrefois, l'échappé de la Bastille, le calomnié, le méprisé, qui se venge, qui se fait un nom, qui se trouve orateur, qui devient dieu dans la foule : c'était l'homme d'État, pensif et réfléchi, qui s'arrête tout honteux devant des ruines, qui est tiré de son enivrement par des voix de détresse, et qui tremble pour la première fois à l'idée que de toutes ces ruines il n'en pourra peut-être pas relever une seule ! Je n'ai jamais vu plus d'abattement et de tristesse que dans la marche silencieuse de Mirabeau traversant la longue forêt : sa tête était penchée sur sa poitrine, son bras gauche pendait sur ses hanches, et de temps à autre de violents coups d'éperons dans les flancs de son cheval venaient attester la violence des passions qui le brûlaient au dedans.

Nous marchions toujours, lui silencieux et occupé, moi pensif et tout entier à mille idées étranges que je rougissais de m'avouer; héros tous deux, lui à la manière d'un grand homme qui s'est trompé, moi à la manière d'un homme faible qui se livre à qui le guide. Étrange malheur de ces temps-là, qui avaient changé ma naïveté allemande en faiblesse !

La forêt était sombre, le ciel était noir, la route ne finissait pas. Où allions-nous ?

Hélas ! je vous porte envie, Mirabeau ! Mirabeau, votre étoile vous guide : une reine vous attend quelque part; vous savez où vous allez, vous; vous savez quelle voix vos oreilles vont entendre, et quelles prières, et quelles paroles; et quelle main vous sera tendue en signe de confiance! Pour moi, je vous suis à votre bon plaisir; moi, je suis le jouet d'un songe; moi, je me suis perdu même dans la foule d'un bal; je ne sais d'où je viens, où je vais et ce que je suis aujourd'hui, si ce n'est le très-humble valet des passions et des hommes qui ont besoin de moi!

Nous n'avions pas encore rompu le silence, Mirabeau et moi, quand nous arrivâmes au carrefour de la forêt. Six chemins à la fois se présentèrent sous nos pas : un poteau unique étendant six bras de chêne indiquait la route à suivre; mais la nuit, comme je l'ai dit, était déjà sombre, et il était impossible de lire les inscriptions tracées sur le poteau.

Mirabeau s'arrêta tout court; il releva la tête, il tourna autour du poteau indicateur, cherchant sa route, et déjà fort inquiet et tremblant de laisser passer l'heure du rendez-vous.

Plus il cherchait, plus il tournait dans le rond-point, et plus les chemins se croisaient, se heurtaient, se mêlaient : c'était comme une danse confuse, quand les arbres tournent, remuant leurs branches avec l'élégance d'un danseur dont la tête est chargée de plumes. Ainsi dansait la forêt. On eût dit, la voyant se mouvoir en cercle devant nous, d'une roue de fortune, dans une maison de jeu, qui roule et qui tourne sur elle-même, entraînant avec elle les vœux animés, les espérances, la bonne humeur et les imprécations terribles des joueurs.

Mirabeau était immobile, éperdu, béant : il sentait confusément que son génie l'abandonnait ; il sentait qu'il était doublement hors de sa route et égaré à jamais, doublement égaré, comme un homme qui ne peut ni avancer ni reculer.

Les nuages marchaient dans le ciel ; le ciel était parsemé de taches blanches : c'était au ciel un mouvement inverse avec celui de la terre ; c'était une rotation double en sens divers, double et sur un mouvement inégal, sur une mesure entrecoupée ; c'était un chaos sans règle, un mouvement sans cause, une espèce de pêle-mêle terrible, une fascination nocturne impossible à décrire et dont il était impossible de se tirer.

Le chaos était là, avançant, reculant, s'allongeant à terre, s'élevant jusqu'aux cieux, se cachant dans l'arbre touffu, soupirant dans le buisson épineux, riant à gorge déployée, accroupi au sommet du poteau invisible ; le chaos, pâle, gigantesque, flagrant, moqueur, et qui nous tendait ses six bras nerveux comme pour nous étouffer.

On entendait des bruits étranges, des ombres

glissaient voilées et soupirant, le carrefour s'approchait, reculait, prenait toutes les formes, carré, long, oblong, rond, en pointe, en pyramide, en trapèze, plat comme la pierre d'une tombe, élevé comme une colonne triomphale, saisissant à faire peur toutes les formules géométriques; mais il eût fallu un grand génie pour soumettre à la moindre équation ces lignes brisées, ces trapèzes fantastiques, ces capricieux sphéroïdes qui naissent, qui grandissent, qui s'effacent, comme grandit et s'efface le cercle fragile de l'onde ridée par le caillou.

Arrivés à cet endroit de notre route, nous sentîmes que nous étions égarés, égarés jusqu'au lendemain, sans le pas d'un homme sur nos pas, sans un bruit de cloches dans le lointain, sans une colonne de fumée joyeuse et légère au-dessus des arbres, sans une étoile brillante dans le ciel, perdus!

Mirabeau descendit de cheval; il s'assit au pied du poteau, il porta sa main sur ses yeux, et je l'entendis soupirer profondément. C'étaient de rudes soupirs, partis du fond d'une vaste poitrine : il y avait dans cette manière de soupirer je ne sais quoi de ferme et de résolu qui attestait le découragement d'un homme supérieur.

Il resta un quart d'heure à soupirer ainsi. J'étais

descendu de cheval à son exemple, et je m'étais
assis à ses côtés.

« Vous voyez que le Ciel ne veut pas la sauver,
Frédéric! » me dit-il en me montrant le ciel.

Puis il reprit : « Oui, là-haut, un nuage, un
mince nuage qui obscurcit une mince étoile, et
une reine se perd! Que dis-je, une reine? une
femme, une femme qui m'attend, qui se promène seule sous ce ciel froid, et qui tremble au
souvenir de mon nom, et qui prête l'oreille à
l'horloge de son château pour savoir si l'horloge
sonnera minuit, l'heure des fantômes! Et cette
nuit le fantôme attendu ne viendra pas! et la
grille de fer restera fermée, et à tous mes crimes
envers elle elle ajoutera un nouveau crime, et
elle dira : « C'est un lâche! » Et elle sera irritée,
non pas comme une reine, mais comme une
femme; et elle se méprisera d'avoir songé à moi,
qu'elle méprise! et, le mépris dans le cœur pour
moi, elle regagnera la couche de son froid époux,
et cet époux endormi et qui ronfle, insouciant
comme un villageois dont la récolte est achevée,
elle le regardera avec complaisance, et, songeant
à moi, elle le trouvera beau! et moi je vaudrai à
ce froid et vulgaire mari un baiser de sa femme!
et c'est moi qui réchaufferai cette couche royale et
froide! et elle, femme et reine, imaginera que je

me suis vanté auprès de la reine, qu'on m'a vanté auprès de la femme! que je ne suis ni le tribun qu'on lui a dit ni l'amoureux qu'on lui a vanté, qu'une nuit passée sous un ciel orageux me fait peur! et dans cette forêt s'accomplira ma vie! et je mourrai en conspirateur subalterne! et elle racontera demain que je venais pour demander pardon et qu'elle m'a fait fermer sa porte! Malédiction sur moi, Mirabeau! malédiction sur la terre et sur le ciel, sur cette terre qui tourne, sur ce ciel qui reste noir! »

Et il frappait sa poitrine et sa tête; il était hurlant. J'en eus pitié, je ne lui parlai pas.

« Malheureuse! malheureuse! reprenait-il, un nuage là-haut, et tu es perdue! perdue! Cependant que m'a-t-elle fait à moi? elle est si belle! Cette monarchie que j'allais sauver, qu'a-t-elle fait au ciel pour qu'il se voile? Vieille et antique monarchie de France! morte! morte! morte! Morte, parce que je me suis trouvé du feu dans la tête et du venin dans le cœur! morte, parce que j'ai passé la jeunesse d'un libertin, parce que j'ai été désœuvré et joueur! morte, parce que j'ai fait des dettes que je n'ai pas payées, parce que j'ai été séducteur et adultère, parce que j'ai enlevé la jeune femme à son vieil époux! morte, parce qu'un nuage passe dans le ciel en effaçant les lettres de ce poteau au moment où je passe dans ce carrefour ! Je voudrais bien tenir ici quelque philosophe, surtout un philosophe chrétien, pour lui expliquer la vanité de l'histoire du monde et pour lui dire combien c'est peu de chose qu'un sage, à commencer par un apôtre, à finir par moi, dont mon cheval aurait pitié ! »

Il se mit à pousser un éclat de rire, comme s'il eût entendu lire en cet instant l'*Histoire universelle* de Bossuet.

Cet éclat de rire trouva des échos ; il fut se briser contre le tronc des arbres, contre la pierre du rocher, contre la voûte du ciel ; il se prolongea bien loin, bien loin, plus loin que nos oreilles ne purent l'entendre ; il ne s'arrêta que dans le jardin de la reine, à la place même où Mirabeau était attendu.

« On m'a parlé, reprit-il, des stoïciens. Pour être stoïcien, il fallait avoir un manteau : j'ai un manteau ; le stoïcien s'enveloppait dans un manteau, et il attendait. C'est ainsi qu'on a tué César : il était appuyé contre la statue du grand Pompée, comme je suis appuyé contre ce hêtre. Il serait plaisant d'être César cette nuit ! »

Puis il ajouta, toujours avec la voix du désespoir : « Je ne voudrais pas être Brutus. Brutus est un stoïcien dont le manteau n'a qu'un trou

que Brutus se fait lui-même quand il en a le
loisir. Fasse le Ciel, puisque je ne suis bon qu'à
être stoïcien, que je meure dans le manteau mille
fois troué de César! »

Il s'enveloppa dans son manteau ; il s'étendit
de tout son long auprès du hêtre, il s'endormit.

Il rêva, il rêva tout haut : il rêva de noblesse et
de liberté; il rêva de la reine et de ses maîtresses;
il rêva indigence et richesse ; il rêva de Maury et
de Duport; il rêva de l'Angleterre et de la France;
il eut des éclats de rire et des sanglots; il sentit
ses mains chargées de chaînes, et il entendit tomber la Bastille : joie sans frein, atroces douleurs,
orgueil satisfait et poignant repentir, cris, larmes,
sanglots, sourires, chansons, baisers lascifs, pro-
cès, calomnies, tribune, éloquence, ivresse, travail, perte ou gain, amitié, haine, dévouement et
vengeance, passions viles, passions d'un noble
cœur, il y eut de tout cela dans son rêve : rêve
affreux, rêve d'un géant ivre-mort, rêve qui
finit et qui commence par des grincements de
dents, comme dans l'enfer! Le vieux hêtre se balançait sur cette tête volcanique comme pour la
rafraîchir ; la brise soufflait dans cette épaisse
chevelure comme dans un buisson ardent. J'assis-
tais sans le savoir à l'un de ces sommeils solennels, sommeil de visions étranges, comme en eut

un le dernier Brutus aux champs de Philippes,
dernier sommeil d'un grand homme qui résume
sa vie et qui sent au dedans de lui-même qu'il va
mourir.

Tout à coup, sans aucun bruit avant-coureur,
et comme s'il se fût échappé de l'arbre entr'ouvert, je vis un homme debout auprès de Mirabeau, qui dormait. Cet homme était vêtu de noir;
il me parut d'une taille gigantesque; il étendit
une large main sur Mirabeau, et, le secouant for-
tement :

« Debout! debout! disait-il d'une voix basse et
impérative, debout! Est-ce bien le temps de dormir? Ne voilà-t-il pas quelque chose d'héroïque?
Cet homme sort de sa maison comme un voleur;
il se cache dans l'ombre, il se dérobe à ses es-
pions, il part sous la sauvegarde d'un étranger; il
marche vite parce qu'il sait combien le retard
peut être funeste et quel but dangereux il se pro-
pose. Cet homme remonte à rebours de sa vie
passée; il nage contre le torrent qu'il a suivi jusqu'alors, et, à la moindre difficulté de la route,
sorti de chez lui pour être un héros, voilà ce même
homme qui hésite : il s'arrête, il s'assied sur
l'herbe, il s'endort; il dort, comme si la question
qu'il va débattre n'était pas une question de vie et
de mort. Oh! courageux pour tout détruire, lâche

au contraire et mou quand il faut réparer ! prêt à
dormir et à rêver quand il faut agir ! homme qui
pour être homme a besoin de la tribune élevée, et
de l'écho populaire, et de toutes les passions dra-
matiques ! Seul avec lui-même, ce n'est plus le
même homme : c'est un lâche et un fou, c'est un
présomptueux qui se perd, qui perd tout le monde,
qui oublie même sa passion pour les femmes, la
seule passion de son cœur, sa plus criminelle
passion, la passion la plus chère à son âme ! Et il
faut que ce soit moi qui le réveille, et j'ai beau le
secouer, il ne se réveille pas ! »

Et il le secouait toujours, mais en vain, tant
c'était un sommeil de plomb, un rêve enraciné
dans l'âme, un drame commencé dans une partie
de ce crâne inaccessible à tout bruit terrestre, qui
s'accomplissait lentement ! Alors l'inconnu, se
penchant sur Mirabeau :

« Mirabeau ? comte de Mirabeau ? cria-t-il.

— Qui m'appelle ? » cria à la fin Mirabeau du
fond de sa poitrine avec une voix lointaine, comme
la voix qui s'échappe d'un tombeau.

« Mirabeau, comte de Mirabeau, n'avez-vous
pas promis à une femme d'être exact à son rendez-vous cette nuit ? n'avez-vous pas tendu la
main à la monarchie aux abois ? n'avez-vous pas
quitté votre banc à l'assemblée pour aller donner

un démenti formel à vos opinions de tribun?
n'êtes-vous pas un traître à votre parti plébéien?
ne marchez-vous pas dans la nuit sur les bords
d'un abîme sans fin? Comte de Mirabeau, pourquoi vous endormir sur les bords de cet abîme?
Il sera toujours assez temps de vous reposer quand
vous y serez tombé. Réveillez-vous, comte de
Mirabeau! réveille-toi, Mirabeau! »

Mirabeau se leva sur son séant. Ses yeux étaient
ouverts, mais il ne voyait pas; son regard était
transparent et terne; cependant il le fixait sur l'inconnu :

« Oh! dit-il, par pitié, laisse-moi dormir! je
dors! La fatigue m'a pris, il faut que je me repose
et que je dorme; je veux dormir! Il y a si longtemps que je suis actif! Tiens, prends mes mains,
attache-les; lie mes pieds avec des chaînes, apporte ici la Bastille et entoure-moi de ses murs
épais, j'y consens, je le veux, je t'en prie : qu'on
me ramène en prison. En prison, on dort, on
pense, on fait l'amour, on vit d'amour, on n'est
pas enivré par cette fausse gloire qui vous perd,
on n'entend pas ces clameurs volcaniques d'un
peuple qui vous flatte, on n'a pas à revenir sur
ses actions de la veille, on n'a pas à renier son
nom et sa gloire, on n'a pas de remords. C'en est
fait, ma route est finie, à jamais finie; je reste ici,

ici à jamais! Apportez-moi ici la Bastille; renfermez-moi dans la Bastille, si vous voulez que je sois heureux! » Ainsi parlait Mirabeau, encore endormi.

Mais l'inconnu reprenait, toujours d'une voix grave et lente : « Mirabeau, comte de Mirabeau, réveillez-vous! Debout! à cheval! à cheval! Le temps fuit, minuit approche, une femme vous attend! »

Et Mirabeau, déjà plus éveillé : « Oui, une femme m'attend, une femme belle et jeune, qui m'appelle, qui m'attend, qui me sourit; une femme dont je ne devais jamais approcher, une créature à part dont l'aspect m'était défendu, et dont j'approcherai assez près cette nuit pour respirer le parfum de ses vêtements. Que de progrès n'as-tu pas faits, Mirabeau, depuis la femme du cantinier au fort de Joux!... Qui me dira le nom de la grande dame qui m'attend? reprit-il en élevant la voix.

— Moi, dit l'inconnu; moi, je te dirai ce nom si tu ne veux pas te lever et poursuivre ta route. Je le sais, ce nom que tu me défies de prononcer; je le prononce tout haut si tu restes à cette place. Ce nom, c'est le nom d'une femme jeune et belle, la plus belle femme de cette France qui t'en a tant données, Mirabeau. Mais hâte-toi, viens, ou quel-

qu'un plus heureux arrivera avant toi au rendez-
vous ! »

Mirabeau releva la tête : « Plus heureux que moi !
Personne... Moi seul j'ai été appelé cette nuit,
moi seul je pouvais l'être. O Mirabeau ! pauvre
homme, pauvre fou, que tu es différent de toi-
même ! A me voir étendu ainsi et dormant, dirait-
on que je marche à la faveur la plus enviée? J'ai
connu des hommes, des républicains, qui donne-
raient leur vie pour acheter le quart d'heure qui
m'attend. Surtout (et, disant ces mots, il mettait
son doigt sur sa bouche pour demander le secret),
surtout, il est un jeune homme dans le monde,
plein de génie et d'amour, qui languit et se meurt
parce qu'il m'a trouvé sur son chemin, moi plus
puissant que lui dans le peuple ; parce que ma
voix a été plus entendue que sa voix, parce que
je l'ai caché dans mon ombre, lui si jeune et si
beau, et que les regards qui m'arrivaient du trône
de bas en haut n'ont pas pu l'atteindre. Voilà le
monde, le monde des cours! Il est fait ainsi. Lui,
ce jeune homme dont je te parle, car, vois-tu, il
est sans égal; lui, dévoué, plein de zèle et tout
neuf, son existence est ignorée; moi, déjà vieux
et irrésolu, on m'appelle. Sa renommée, jeune et
vierge, on l'ignore dans ces hautes régions; mon
épouvantable renom m'ouvre toutes les portes. Il

irait, lui, à cette cour qui tremble et qui demande
pardon, il irait pour sauver la femme; j'y vais,
moi, pour sauver la reine. Et, à présent que j'y
songe, tu as raison, le temps presse, j'ai trop
dormi. Debout! debout! à cheval! à cheval! comte
de Mirabeau! » Disant ces mots, il était déjà à
cheval.

« Mais qui nous indiquera le chemin, Monsieur? » dit-il à l'inconnu.

L'inconnu s'enfonça dans un des six chemins,
et il marcha devant nous.

Nous le suivîmes quelque temps. Arrivés à une
hauteur, nous découvrîmes à nos pieds le château
de Saint-Cloud, qui dormait au milieu de son
large parc. « Voilà votre chemin, nous dit le
guide; allez à votre but, monsieur le comte, et
rendez-moi grâce de vous avoir réveillé, car le
sommeil le plus involontaire peut être un crime
dans une révolution. Et, à présent que je vous ai
tiré de ce mauvais pas, ajouta-t-il, permettez-moi
de vous adresser une prière : sauvez la reine!
sauvez-la par tous les moyens que vous trouverez
dans votre cœur ou dans votre génie! Au nom du
ciel, sauvez-la! au nom des hommes, sauvez-la!
au nom de la vieille monarchie, au nom de la
liberté nouvelle, au nom de l'honneur français,
sauvez-la! sauvez-la, cette femme calomniée,

cette femme entourée de courtisans et de piéges!
sauvez-la! sauvez-la, Mirabeau! sauvez-la! sauvez-la! »

Il s'avança de quelques pas. « Enfin, dit-il, au
nom de ma vie perdue à l'aimer, au nom des
combats qui déchirent mon âme, au nom des angoisses les plus cruelles qui puissent flétrir la
jeunesse des hommes, au nom d'un amour insensé, en mon propre nom, Mirabeau, je suis à
vos genoux; voyez, je m'abaisse et je vous prie,
sauvez-la! sauvez-la!

— Oui, oui, je la sauverai en ton nom et par
pitié pour toi, Barnave! » dit Mirabeau.

Je m'écriai : « Barnave!

— Oui, reprit l'inconnu, Barnave! je suis Barnave; et malheur à ceux qui douteraient de la
reine! et malheur à toi, jeune homme, si tu te
souviens de mes soupçons insensés! malheur à
vous, Mirabeau, si vous perdiez le fruit de cette
noble mission! Et maintenant, adieu; marchez
devant vous, marchez droit; songez à votre pro-
messe, Mirabeau!

— Oubliez tout ce que vous savez de votre
dernière fête, Frédéric, me dit-il d'un air sévère
et résolu; adieu! » Il partit. Mirabeau se retourna.
« Barnave, où vas-tu? » cria-t-il. Il se fit un mo-

ment de silence, puis nous entendîmes une voix
dans le lointain : « Je retourne à l'Assemblée, dit
Barnave, pour achever de ruiner le trône que tu
vas sauver. »

CHAPITRE LI.

SAINT-CLOUD.

> Ne te fie pas à la lune, Julie : elle
> est pâle pour tous les amours et pour
> toutes les douleurs !
>
> HERMANN ET DOROTHÉE.

Nous arrivâmes au pas jusqu'à la grille du château. Au mot d'ordre, prononcé tout bas, la grille s'ouvrit pour nous laisser passer et se referma en silence. Nous parcourûmes lentement la vaste avenue qui longe la Seine. Aucun bruit ne se faisait entendre, excepté le murmure de l'eau. Arrivés au grand bassin, nous trouvâmes un homme qui nous invita à descendre et qui prit la bride de nos chevaux, nous indiquant du geste un sentier escarpé qui grimpait en côtoyant les cascades du jet d'eau jusqu'à la plate-forme qui conduit au château. Mirabeau grimpa péniblement à travers le sentier glissant, et ce ne fut qu'en s'appuyant sur mon bras qu'il arriva à un certain point de l'avenue, où il s'arrêta.

L'endroit où il s'arrêta était parfaitement découvert. Un vase italien, chargé de feuilles qui se balançaient à son sommet, indiquait le lieu du rendez-vous. Mirabeau s'arrêta là. « Tenez-vous à l'écart, me dit-il ; allez vous asseoir sur ce banc, dans le feuillage ; soyez mon témoin cette nuit : j'ai voulu avoir un témoin de cette entrevue, car, à vrai dire, j'ai mérité assez de haines dans ce palais pour avoir quelque raison de n'y être pas en sûreté. Allez donc m'attendre là-bas, et ne me perdez pas de vue, mon ami. Surtout, quoi qu'il arrive, pas un mot, pas un geste, rien qui puisse dire que j'aie eu peur ! »

Mon mandat était d'obéir : j'obéis. J'abandonnai Mirabeau à ses réflexions ; je me plaçai sous une tonnelle d'où je pouvais tout voir, et je me mis à penser aux chances funestes d'une révolution qui, à cette heure, dans cette nuit douteuse, arrachait la fille des Césars au lit de son royal époux pour implorer le pardon et l'appui de cet homme. Trop heureuse encore qu'il vous pardonne et qu'il vous protége, frêle majesté ! trop heureuse qu'il daigne vous attendre à cette place, ce roi du peuple, et vous donner audience, à vous sa suze-

raine et sa vassale! Hâtez-vous donc, reine! hâtez-vous, le tribun n'est pas fait pour attendre : il
est homme impatient et emporté de sa nature; il
se figurera, si vous tardez encore, que vous man-
quez à sa dignité personnelle, ou bien encore il n'attendra plus la reine,—l'audacieux!—c'est Marie-
Antoinette qu'il attendra, elle seule; et alors il
sera patient, il attendra jusqu'au jour, il attendra
tant que vous voudrez. Mais alors vous aurez
changé de rôle tous les deux, et c'est ce qu'il ne
faut pas. Reine, hâtez-vous donc : car, pour vous,
il vaut mieux encore, Majesté vaincue, implorer
la pitié du tribun triomphant que de venir,
femme superbe et vaine, et longtemps attendue,
écouter les prières de Mirabeau agenouillé.

J'en étais là de mes tristes pensées quand du
côté du palais je vis arriver trois femmes : elles
semblaient glisser sur le gazon, elles se hâtaient
lentement; évidemment elles avaient peur. J'étais
entre ces trois femmes et Mirabeau; je jetai un
coup d'œil de son côté, et je le vis se promenant
à pas comptés et réguliers, avec l'habitude d'un
homme qui s'est longtemps promené sur la plate-
forme circonscrite d'un donjon.

Peu à peu les trois femmes s'approchèrent.
Deux d'entre elles passèrent devant moi : c'était la
reine, suivie de ma mère! La reine était pâle; ses

yeux étaient baissés, ses deux mains étaient
jointes; elle tremblait et elle était résolue. Sa
robe blanche, poussée par le vent, dessinait sa
taille; ses cheveux blonds couvraient ses épaules.
Figurez-vous, par une lune voilée, à minuit, l'apparition d'une jeune femme morte de la veille et
qui revient avec le négligé de sa nuit de noces
sur une terre où ses pas n'ont plus d'écho, où son
corps n'a plus d'ombre, où son souffle n'a plus de
bruit!

Ma mère suivait la reine de très-près. Ma mère
était toujours impassible; son pas était toujours
grave; sa tête restait toujours immobile et son
regard fixe; elle marchait comme si elle eût été
en présence de toute la cour, un jour de réception
solennelle dans la grande salle du palais.

C'est à peine si je m'aperçus que la troisième
de ces femmes était entrée dans la tonnelle où je
me trouvais, tant j'étais attentif à regarder le
spectacle que j'avais sous les yeux!

Tout ce que je vis d'abord était confus et em-
brouillé : la nuit était profonde autour de nous;
le ciel était marqué de blancheur à de rares inter-
valles; la clarté de ce ciel était incertaine et prenait toutes les formes; le silence était effrayant.

Quand la reine eut dépassé le berceau sous
lequel je me trouvais, elle hâta le pas comme si

elle eût oublié ce qu'elle cherchait dans ce jardin ; puis, se trouvant tout à coup face à face avec Mirabeau, elle poussa un cri perçant et elle recula d'un pas. Ce fut alors que je m'aperçus que j'avais une femme près de moi.

Au cri de la reine, cette femme voulut s'élancer : je la retins. « Pardon, Madame, lui dis-je, ce cri n'est pas un cri de détresse : Sa Majesté a été étonnée, voilà tout. Ne troublons pas cette entrevue par des prévenances inutiles. Ceci est une nécessité qu'il faut subir : subissons-la !...

« Aussi bien, repris-je, voilà la reine qui se remet et qui le salue. Voyez, Madame, ils se parlent ; la conférence commence : puisse-t-elle bien finir !

— O mon Dieu ! dit la jeune femme, qu'il est laid, cet homme ! que je comprends bien à présent la terreur de la reine ! Toute cette nuit elle a tremblé, ses genoux se dérobaient sous elle ; elle prononçait à voix basse des mots entrecoupés. Elle nous a fait verser bien des larmes cette nuit ! »

La voix qui me parlait était si douce et si touchante que, malgré le spectacle qui m'occupait, je retournai la tête, et je reconnus — ô bonheur ! — Hélène, ma cousine Hélène, que je n'avais vue qu'une fois à la cour, dans une nuit d'orage et par une bien triste nuit.

« O ma cousine Hélène! lui dis-je, c'est donc
vous que je revois, vous à côté de moi dans
l'ombre, vous aussi pâle que la reine, vous qui
m'avez à peine reconnu! Oh! parlez-moi : me
reconnaissez-vous à présent? »

Elle me regarda tendrement, elle me tendit la
main : « Frédéric! »

— Oui, Hélène, Frédéric, votre Frédéric, que
vous aimiez tant quand vous étiez petite fille, et
qui vous a tant aimée, et qui vous a perdue, et qui
est seul dans cette France où vous êtes seule, et
qui va retourner en Allemagne tout seul.

— Silence! dit Hélène; ne m'entendez-vous
pas appeler?

— Je n'entends rien, Hélène; seulement la nuit
est plus noire; il est impossible de rien distinguer à deux pas de nous... Si la robe de la reine
n'était pas si blanche, il nous serait impossible de
dire : « Elle est là! » Laissez-moi donc entendre
votre voix, Hélène; il me semble que je la connais,
votre voix, vous qui ne m'avez pas parlé encore
depuis que je suis en France. Ah! par pitié, parlez-moi. Je souffre, Hélène, je souffre; je suis mal
en France; je veux fuir et rester; je ne sais ni ce que
je veux ni pourquoi je souffre. Par pitié, parlez-moi,
que je vous entende encore avant de partir pour
l'Allemagne et de vous perdre pour jamais! »

Hélène reprit : « Vous parlez de l'Allemagne, Frédéric... Oui, l'Allemagne est belle, car elle est tranquille ; elle est heureuse, car elle est calme ; elle est pleine d'harmonie et de science, notre Allemagne ; ses palais sont autant de places fortes ; on y dort en paix, on y dort sous la verdure, sous les lambris massifs, sans avoir à chaque instant sous ses fenêtres un peuple qui hurle. Vous ne savez pas ce que c'est qu'un peuple qui hurle, Frédéric, un peuple nu, en guenilles, débraillé ! vous ne savez pas ce qu'il y a d'horrible à entendre cette foule de femmes qui crie contre des femmes ! Qui me rendra mon Allemagne et son peuple si bon, hélas ! » Puis elle reprenait : « Où est notre climat ? Il fait froid ici, la bise est glacée ! On est mal en France, n'est-ce pas, Frédéric ?

— On est mal en France, Hélène ; mais l'Allemagne est toujours notre Allemagne ; elle nous tend les bras, à nous ses fils. Voyez au delà du Rhin nos châteaux forts, nos gothiques cathédrales, nos vieilles galeries, nos jardins si épais et si jeunes toujours ! Tout cela nous attend, nous appelle, nous tend les bras.

— Tout cela se trompe ou nous trompe, Frédéric... L'Allemagne n'est plus l'Allemagne. Il est vrai qu'elle est belle, tranquille et forte, l'Alle-

magne; mais je la renie pour ma patrie tant que
cette pauvre Allemande que vous voyez là-bas
éperdue, plaintive, tremblante, n'aura pas repassé
le Rhin. Croyez-vous que je puisse redevenir
Autrichienne tant que notre archiduchesse sera
Française, Française accusée dans l'ombre, chargée
d'humiliations et réduite à implorer dans la nuit,
dans un horrible tête-à-tête, je ne sais quelle
étrange puissance semblable aux dieux occultes
qu'adoraient les anciens Germains? Non, non,
l'Autriche sans la reine n'est plus l'Autriche pour
moi : pour moi, l'Autriche c'est ce jardin de Saint-
Cloud, si sombre et si froid; c'est ce ciel ambigu
de France, qui ressemble à l'honneur français
d'aujourd'hui. Et pourtant, mon noble cousin, je
sens que je meurs ici : le chagrin me tue. Plai-
gnez-moi ! »

Tout à coup, et comme j'allais répondre :
« Frédéric, me dit-elle, quel est cet homme là-
bas à qui parle la reine, cet homme dont l'approche la faisait trembler jusqu'au fond de l'âme?
Dites-moi son nom : quel est-il? Je voudrais le
savoir.

— L'homme qui parle à la reine là-bas, ma
cousine?

— Oui, reprit-elle, dites-le-moi; je le veux. Un
homme pour qui la reine quitte ainsi son palais,

et que vous suivez, vous, en piqueur, prince de
l'empire, comme moi je suis la reine en dame
d'honneur, j'imagine que c'est un homme à
connaître, un nom sonore à retenir, à savoir, et
vous ne pensez pas que je veuille en abuser.

— Ceci est le secret de la reine, ma cousine,
songez-y! Cependant, Hélène, je vous dirai ce nom
redoutable si vous voulez me dire, à votre tour,
quel fut le dernier bal de l'Opéra auquel la reine
vint masquée dans une folle nuit de carnaval.

— La reine au bal, et masquée! la reine au
bal, dans une nuit de carnaval! Qu'est-ce à dire,
monsieur le comte? A quoi bon cette étrange
question? Êtes-vous aussi un révolutionnaire
comme tous les autres? L'air de France vous a-t-
il fait perdre l'esprit? Y pensez-vous?

— Oui, Hélène, au bal et masquée, la reine,
et parlant à un homme masqué, et se dérobant à
la foule du bal avec cet homme, Hélène. On pré-
tend y avoir vu la reine : c'était sa voix, c'était sa
chevelure, c'était elle. Voilà ce qu'on m'a dit, et
cela au dernier bal, au dernier, Hélène, trois
jours après la prédiction fatale du sorcier. On y a
vu la reine, on me l'a dit.

— Et qui vous a dit cela, Frédéric? quel assez
honnête homme vous l'a dit pour que vous puis-
siez le croire et me le répéter à moi?

— Celui qui l'a vue, Madame, c'est moi; celui
qui m'a dit que c'était la reine, c'est Barnave,
c'est Mirabeau. »

Disant ces mots, je regardais la comtesse : elle
était prête à s'évanouir. « Oh! revenez à vous,
m'écriai-je, revenez à vous, Madame! Je ferai ce
que vous voudrez. Si vous voulez, je donnerai un
démenti à Barnave, je donnerai un démenti à Mirabeau; je me dirai à moi-même que je n'ai rien
vu. Je respecte la reine, Madame; je la respecte
autant que vous la respectez vous-même. Madame, par pitié, par pitié, pardon, pardon! Je
suis un insensé, un homme perdu! Pardonnez-
moi d'indiscrètes paroles dont je ne pense pas un
mot, un seul mot, au fond du cœur! »

Hélène, revenue à elle-même, était au désespoir.
« Vous voyez, me dit-elle, par vous-même, combien notre reine est à plaindre. La calomnie qui
l'assiége est arrivée jusqu'à vous. Vous croyez à
la calomnie, vous aussi, Frédéric! Bien plus, la
calomnie, vous la faites, vous la propagez, vous la
poussez vous-même à son dernier degré; calom-
niateur vous aussi, grand Dieu! Quoi donc! vous
l'avez vue, vous, au bal, se livrant à un homme!
Barnave l'a reconnue! Vous deux, malheureux,
vous accusez la reine! Malheureux! ignorez-vous
donc que le cardinal de Rohan, lui aussi, avait

parlé à la reine, qu'il l'avait vue sans masque, qu'elle lui avait parlé de sa bouche? Il savait, à le jurer sur l'hostie sainte, que c'était la reine, la reine à coup sûr ; et cette reine prétendue, ce n'était qu'une prostituée du palais d'Orléans, vomie par l'enfer! Oui, la prostituée qui se balance, qui jette au vent ses baisers et ses paroles, la fille de joie au regard lascif, qu'elle vienne dans l'ombre, masquée ou non masquée, qu'elle prenne envie d'un beau jeune homme et qu'elle se livre à ce jeune homme, voilà mes infâmes ou mes présomptueux qui, peu contents de leur bonne fortune, se disent : « C'est la reine ! » Les misérables ! ils prononceront cet auguste nom à propos de chacune de leurs escroqueries ou de leurs débauches. Vous aussi, Frédéric, vous croyez aux calomnies, aux outrages, aux déshonneurs dont on l'abreuve ! vous y croyez jusque dans ce palais, jusqu'aux pieds de Sa Majesté ! Vous suivez froidement une intrigue d'amour, peut-être même vous tombez sous le joug d'une passion, passion qui se cache et qui tremble ; et, arrivé à la fin de cette passion, ou bien arrivé à la fin de cette intrigue, vous ne trouvez rien de mieux que d'en salir la sœur de votre empereur ! Et, quand vient vous voir un homme dangereux, vous, en vrai jeune homme, vous n'avez rien de

plus pressé que de lui raconter vos transports de
la nuit passée! Et à ce digne récit vous ajoutez ces
mots : « C'est la reine! » Et pour confident intime
vous choisissez Barnave, un de ces hommes dont
la parole est une torche qui brûle, dont la langue
est un venin qui tue! Vous permettez à Barnave
de vous dire, à vous : « C'est la reine! » Et vous
n'avez pas une épée à lui plonger dans le cœur!
Et, loin de rougir du soupçon fatal, vous êtes
prêt à en être fier! Misérable vanité! On prend une
femme, ou cette femme vous accoste sous le masque; on est le jouet de cette femme pendant une
heure, et, quand elle se retire, vous laissant tout
son dédain, vous vous amusez à profaner l'inviolable majesté d'une reine! Frivoles et cruels libertins! à vous entendre, il n'y a qu'une femme
dans le monde pour suffire à vos plaisirs. Vraiment, vous êtes bien osés! Si Mlle d'Oliva, la fille
publique, ne vous suffit pas; si la ressemblance
funeste de cette fille avec la figure de Sa Majesté
ne satisfait pas votre passion criminelle, s'il
faut absolument que ce masque cache une passion
adultère pour qu'il y ait de la poésie pour vous
sous le masque, que ne mettez-vous donc ce
masque à vos mères et à vos sœurs? Pourquoi ne
choisissez-vous pas d'autres femmes pour les salir
de vos amours? pourquoi toujours la reine?

pourquoi pas moi plutôt que la reine, Monsieur? Cela serait plus d'un galant homme, car enfin vous n'exposiez que ma réputation, à moi, et mon honneur; tandis qu'en prononçant le nom de la reine vous avez renouvelé les excès stupides de ce misérable cardinal, libertin sans vergogne et sans pudeur; et, en permettant à M. Barnave de le prononcer devant vous, ce nom sacré, vous avez peut-être arraché à cet homme redoutable le dernier remords qui lui restait dans le cœur, d'avoir trahi sa reine et son roi... Vous êtes impardonnable, je dis impardonnable, Monsieur! »

Ainsi parlait Hélène. Je l'écoutais sans l'interrompre, tant je me sentais criminel. A la véhémence de ses reproches, aux larmes qui roulaient dans les yeux d'Hélène, à sa voix convulsive, à toute la douleur qui respirait dans sa personne, je fus atterré... J'eus honte et j'eus peur. « O Hélène! pardonnez-moi, Hélène! je suis un insensé! je suis un malheureux! Je vous le jure sur l'honneur, ce que j'ai dit, je ne l'ai jamais pensé; je suis un fou, pardon! Quant à Barnave, ce n'est pas lui qui accusera la reine : j'irai le détromper demain. »

Et j'étais suppliant, à genoux, oubliant tout dans le monde, la reine, Mirabeau, ma mère, tout entier à Hélène et à mon repentir. « Hélène, par-

donnez ! » Et Hélène finit par me regarder d'un
œil plus doux, plaçant sa main sur ma tête.

« Et cependant je vous pardonne, Frédéric,
parce que vous n'êtes pas le plus coupable en
tout ceci. Le seul, le vrai coupable, c'est la malheureuse femme qui cette nuit-là s'est livrée à
vous sans songer à quels soupçons vous seriez
entraîné ; c'est une indigne femme qu'il faut mépriser, Frédéric !

— Puisque vous m'en parlez, ma cousine, le
mépris m'est impossible pour cette femme. Entre
elle et moi il existe un lien que rien ne pourra
rompre... Je l'aime malgré moi, cette femme, quoi
qu'elle ait fait : c'est une femme chaste et belle, je
le sens, j'en suis sûr, je le sais. Voilà pourquoi,
au nom que m'a dit Barnave, je n'ai pas plongé
mon épée dans le cœur de Barnave. Pardonnez-
moi donc, Hélène, sans accuser cette femme ; pardonnez-moi et prenez-moi en pitié, car de ce jour
ma vie est flétrie. Toute passion a été suspendue
dans mon âme à compter de cette nuit : cet amour
incomplet me tue ; il m'empêche de t'aimer encore,
chère Hélène, toi, la première femme que j'aie
aimée ; toi, pour qui je quittai l'Allemagne ; toi,
que je retrouve malheureuse et souffrante, prête à
m'aimer, et dont je me serais fait aimer si j'é-
tais libre ! Jugez, ma cousine, jugez, d'après ces

souffrances sans nom, si je dois être malheureux ! »

En ce moment, la lune pâle et sanglante par-
vint à déchirer le nuage qui l'entourait ; un de
ses rayons tomba alors sur Marie-Antoinette et
sur Mirabeau. A l'agitation de leurs visages, on
voyait que la conversation avait été intéressante et
animée. La reine semblait avoir repris quelque
courage ; son regard était serein, et elle disait
adieu à Mirabeau. Pour lui, calme et poli, il
accompagna respectueusement la reine jusqu'à la
fin du gazon. Là, il s'arrêta : c'était là aussi que se
terminait la pâle clarté de la lune, arrêtée par les
arbres du bosquet.

« Madame, dit Mirabeau à la reine, quand
votre auguste mère congédiait un sujet dont elle
était satisfaite, elle lui faisait l'honneur de lui
donner sa main à baiser. » Disant ces mots, il mit
un genou en terre. La reine, avec un faible sourire, lui tendit la main : il y posa ses lèvres. La
reine reprit le chemin de son palais, toujours suivie par ma mère, qui ne me reconnut pas.

Je n'eus que le temps de dire à ma cousine :
« C'est le comte de Mirabeau. » Il était resté à
genoux. La comtesse se retourna pour le regarder ;
elle me dit : « Il n'est pas aussi laid que je l'avais
cru d'abord. »

Et elle disparut avant que j'eusse pu lui répondre; la porte du château se referma sur elle.
De ces trois femmes, il n'y eut que ma mère qui
rentra au château aussi calme qu'elle en était
sortie.

CHAPITRE LII.

AU REVOIR.

> Gardez votre argent pour le pauvre :
> j'ai ma vertu.
>
> NEURIQUE.

Nous redescendîmes par le chemin qui nous avait conduits sur la terrasse. Mirabeau marchait le premier; son pas était ferme et assuré; la cascade jaillissait en vain autour de nous, nous eûmes bientôt rejoint la grande allée où nous avions laissé nos chevaux.

Le même homme à qui nous les avions confiés les promenait au pas au milieu de l'allée avec la patience d'un laquais qui attend son maître; il nous remit nos chevaux sans rien dire.

Par je ne sais quelle préférence, il visita avec soin la sangle du cheval de Mirabeau, et il voulut lui tenir l'étrier quand il monta à cheval.

Mirabeau, touché de l'attention, tira une pièce

d'or de sa poche ; mais le palefrenier, relevant la tête, repoussa la pièce d'or avec une noble fierté. C'est alors que je le reconnus.

« Que faites-vous ? dis-je à Mirabeau ; celui qui nous a servi d'écuyer cette nuit, c'est M. le marquis de Castelnaux ; c'est un président de parlement. Rendons-lui grâce d'avoir bien voulu veiller sur nous. C'est un des plus fidèles serviteurs de Sa Majesté.

— Monsieur le marquis, dit Mirabeau, vous me pardonnerez d'avoir souffert qu'un premier président me tînt l'étrier ; cela est pourtant excusable à moi, qui ai pour écuyer, ce soir, un prince de l'empire, un parent de Sa Majesté ! »

Castelnaux répondit, plein d'émotion :

« Et puisqu'il en est ainsi, monsieur le comte, puisque enfin vous revenez à la reine, quand je serais un Riquetti ou un Montmorency, je consentirais à vous servir de laquais pour le reste de mes jours. »

Mirabeau, lui frappant sur l'épaule : « Conservez-vous pour la reine, dit-il ; et, puisque vous l'aimez, permettez-moi de me dire son serviteur après vous et comme vous. »

Castelnaux reprit : « Vous êtes plus que son serviteur ; vous serez son sauveur et son ami. Moi, je serai son valet toute ma vie. Pourvu que je la voie heureuse, je suis heureux, Monsieur! Et à présent, adieu! que rien ne vous retienne dans vos projets sauveurs! Adieu, notre espoir à tous; adieu, Mirabeau! Adieu aussi à vous, honnête Allemand, me dit-il en se tournant vers moi. Votre cœur est honnête, mais il est froid; il y a trop peu de passion dans votre dévouement : cependant continuez, et vous aurez l'estime de Castelnaux.

— Monsieur de Castelnaux, dit Mirabeau, voyez-vous cette étoile qui se lève dans le ciel? C'est l'étoile de la reine, le plus brillant des astres à dater de ce soir. »

Castelnaux ôta son chapeau, Mirabeau ôta le sien, j'étais tête nue; nous saluâmes tous les trois en silence la pâle constellation.

Nous partîmes. Nous entendîmes dans le lointain la voix de Castelnaux qui s'écriait : « Tout mon sang est à vous de ce jour, comte de Mirabeau! »

CHAPITRE LIII

DÉCEPTION.

Laissez-les grandir.

VOLTAIRE.

DEPUIS cette entrevue solennelle, depuis cette nuit si féconde en aventures, je ne retrouve dans ma mémoire que des faits incertains et vagues : les travaux de l'Assemblée, les rumeurs du peuple, le bruit des revers de la cour, l'agitation des provinces, la misère publique, l'infâme banqueroute, l'émeute qui se promène dans la ville à main armée, que vous dirai-je ? Tous les détails de cette déplorable histoire devaient m'échapper, comme ils m'ont échappé : car, fatigué de tant de passions diverses, las de souffrir sans oser me plaindre, honteux de mon peu d'intelligence, indifférent à la cour, qui n'avait aucun besoin de mes services flegma-

tiques, inaperçu dans le peuple, qui n'en voulait
qu'aux sommités françaises, je m'étais plongé de
nouveau dans la vie rêveuse et contemplative,
cette vie si chère à ma paresse et dont j'avais été
distrait si violemment.

Je ne saurais vous dire combien j'ai éprouvé de
déceptions de ce genre. L'histoire de ce siècle est
si guindée et si fausse, qu'à chaque pas je rencon-
trais cette espèce de mensonge ambulant au moyen
duquel il était convenu qu'un homme était juste et
bon à cette condition que pour la justice et la bonté
il ne sortirait pas de certaines limites, qu'il avait
soin de se tracer aussi peu reculées que possible.
Louis XV avait mis à la mode cette espèce de
bonté si facile qui consiste à être myope et presque
sourd. De ces hommes bons, j'en trouvais partout, ils affluaient à Paris, en France, ils venaient
du dedans et du dehors. Aussi cette facile phi-
lanthropie a-t-elle porté des fruits dignes d'elle.
Quand une fois elle fut poussée au bout de ses
limites, la terreur s'empara en souveraine de
toutes ces justices circonscrites, de toutes ces
bontés limitées, de tous ces égoïsmes insouciants;
elle trancha la tête à toutes ces vertus, elle les
frappa l'une après l'autre, sans qu'elles songeassent
à sortir des bornes que leur égoïsme s'était im-
posées, à se secourir l'une l'autre en combattant

ou du moins en criant ensemble : « Au secours ! »
C'était, j'imagine, payer bien cher cette fureur de
tout analyser, de tout séparer, de vouloir tout
compléter lentement, minutieusement. Étrange
erreur des temps de sophisme qui ne comprennent
pas l'unité, qui rêvent une fausse unité qu'ils ne
peuvent atteindre ! Ainsi fut le dix-huitième siècle ; ainsi étais-je moi-même, toujours tenté de
faire un tout avec des parties éparses, comme si
l'unité se composait !

Mais aussi, à l'instant dont je parle, la France
encore une fois changeait d'aspect, la France
succombait enfin sous cette dévorante épilepsie
d'opinions et d'idées qui devait la perdre. La
crise a été longue et terrible. Dans ce monde tout
était mystère ou conspiration. C'était quelque
chose de plus dangereux que le creuset de l'alchi-
miste ou la conjuration diabolique de la sorcelle-
rie. La magie d'ordinaire travaillait seule ; la conspiration, qui fut la magie du dix-huitième siècle,
se réunissait, s'agglomérait, ne faisait qu'un seul
et même corps et ne se cachait que pour se donner
un air plus solennel. A cette heure de l'histoire
de France, les têtes tournaient, les esprits se déna-
turaient, le mensonge et le faux planaient en
maîtres sur cette société pervertie ; la peur, la
haine, la vengeance, l'envie, le désespoir sans frein,

les ambitions déchaînées, les vices hideux, les sophismes menaçants, la colère, les passions mauvai-
ses, le délire, l'ivresse, le sommeil, les rêves, la
philosophie pervertie, la religion habillée en fille
de joie, le vieux temps masqué et burlesque, le
temps présent dans sa hideuse nudité, la débauche
et le jeu, l'anglomanie, le nouveau monde, tout
cela s'emparait de la France, comme dans ce livre
de l'Énéide où les Grecs, vainqueurs par la ruse,
s'emparent de Troie dans la nuit. C'était une confusion profonde, c'était un bourdonnement sans
frein; c'étaient des vengeances, c'étaient des para-
doxes, c'était une ivresse folle et sans honte,
ivresse commune à la ville et à la cour, à Paris et
à la province. Tout chancelle dans cette France
qui eut besoin de trente années de combats et de
gloire pour se remettre de ses frayeurs.

Ainsi pressé, ainsi épouvanté moi-même, ainsi
fatigué de ce rêve funeste que je faisais tout
éveillé, vous comprenez que je dus me hâter de
fuir : un immense désir me vint à l'âme de revoir
mon Allemagne, mon Allemagne si chérie et si
calme ! Un instant j'oubliai tout ce qui me retenait encore, j'oubliai ma passion incomplète,
j'oubliai mes douleurs d'amour, j'oubliai tout, je
voulus partir. « Allons, me dis-je, Frédéric, il
faut renoncer à tes rêves, il faut suivre le conseil

de Barnave, il faut compléter ta sensation comme tu pourras, et puis après partir ! »

J'eus quelque peine à aller voir Barnave. Depuis longtemps Barnave m'évitait. A peine il avait l'air de me reconnaître quand le hasard me mettait sur sa route, fort souvent je n'obtenais de lui qu'un froid salut ; jamais il ne me parlait des confidences que je lui avais faites : il semblait uniquement occupé des affaires publiques et de ces discours si courageux et si funestes qui paralysaient l'éloquence même de Mirabeau. Quant à Mirabeau, depuis son voyage nocturne, il n'était plus le même homme. Sa vie était grave et laborieuse. Plus de jeux, plus de fêtes, plus de festins somptueux, plus de femmes enlevées, plus de filles séduites, plus rien de l'ancien Mirabeau, que l'éloquence et le génie. Mirabeau, à ce que je pense, espérait gouverner la France, et, s'il l'eût gouvernée, la France pouvait être sauvée encore : aussi il redoublait de travail et de zèle chaque jour. Ses premiers succès de tribune, si faciles tant qu'il ne s'était agi que de flatter le peuple, étaient devenus une lutte pénible du jour où il tenta de mettre un frein aux mêmes passions qu'il avait soulevées et qui ne lui obéissaient plus.

Je ne saurais vous expliquer au juste quel fut cet instant unique dans la biographie de ces deux hommes, quand Mirabeau devint grave tout à fait, quand Barnave devint tout à fait orateur. Un changement dans les saisons, un astre inconnu dans le ciel, m'auraient frappé moins vivement que Mirabeau menant une vie correcte, que Barnave remplaçant Mirabeau dans ses succès oratoires et dans l'amitié du peuple. Évidemment, pour moi, les rôles de ces deux hommes étaient changés. Je savais Mirabeau las de son rôle de tribun, je l'avais vu aux pieds de la reine de France ; Mirabeau accomplissait un devoir de conscience et d'instinct ; mais Barnave, Barnave plus furieux que jamais contre la cour, Barnave portant au pouvoir royal les derniers coups, Barnave ne me parlant plus de sa passion malheureuse, lui qui me savait une passion ridicule ! je l'avoue, j'étais plongé dans le plus profond étonnement : pourquoi cette colère à la tribune, pourquoi cette froideur avec moi, Barnave ?

CHAPITRE LIV.

EXPLICATIONS.

« Monsieur, vous me rendrez raison !
— Vous avez bon besoin qu'on vous la
rende, la raison. »

MERVILLE.

Un matin cependant j'allai trouver Barnave. « Je vous trouve enfin, lui dis-je ; voilà bien long-temps que je n'ai pu ni vous voir ni vous parler, Monsieur.

— Frédéric, me répondit-il avec un sourire profondément empreint d'amertume, vous êtes étranger, vous êtes Allemand, vous êtes gentilhomme ; nous marchons sur des cendres qui couvrent des charbons ardents ; mon amitié pouvait être fatale à votre renommée de loyauté, votre amitié pouvait me rendre suspect au despote que je sers : voilà pourquoi j'ai rompu avec vous, monsieur le comte; d'ailleurs, j'imagine que nous n'avons plus rien à nous dire à présent.

— Plus rien à nous dire, Barnave? Mais la dernière fois que je vous ai vu, Monsieur, il y allait entre nous de la vie et de la mort. Cette dernière fois, j'ai laissé dans votre âme, et vous avez laissé dans la mienne, un soupçon fatal auquel je n'ai pas osé donner de suite, que j'ai tenté de détruire depuis ce jour, que j'ai détruit pour moi, que je voudrais détruire pour vous aussi. J'ai trouvé un moyen de le détruire pour vous aussi, Monsieur!

— Et quel moyen avez-vous trouvé, Frédéric?

— Un moyen très-simple : battons-nous. Nous avons été rivaux un instant, ne fût-ce qu'une heure; rivaux pour une femme dont le premier vous avez fait tomber le nom dans mon cœur. Nous avons supporté, vous, tout ce que la jalousie peut avoir de douleurs; moi, tout ce que le remords peut avoir de honte. Si l'incertitude a cessé pour moi, je souffre encore assez pour ne pas craindre la mort; et si vos doutes, à vous, vous sont restés, il est de mon honneur et de mon devoir de vous en délivrer par tous les moyens. Ainsi donc, voici comment je motive mon duel avec vous : c'est un démenti que je vous donne. Je viens à vous et je vous dis : « Barnave, je suis « malheureux : un amour incomplet me dévore,

« je me suis livré corps et âme à une femme sans
« nom et sans visage, une blonde à la taille élé-
« gante, à l'accent allemand ; dites-moi qui elle
« est. » Vous, Barnave, vous me dites : « C'est la
« reine ! » Moi, je réponds : « Non, Barnave, ce
« n'est pas la reine, tu mens ! oui, Barnave, tu
« calomnies, et ta calomnie me tue : il faut que
« toi ou moi nous mourions ! »

Disant ces mots, je m'étais animé par degrés,
ma main tenait déjà la garde de mon épée, et j'a-
vais soif de sang. Barnave me regardait sans surprise ; il me répondit enfin :

« Je suis heureux de vous voir dans ces dispo-
sitions, Monsieur ; votre conduite aujourd'hui me
justifie : car, moi aussi, j'ai voulu me faire justice
avec vous ; j'ai voulu combler avec mon épée
l'abîme sans fond où nous nous débattions tous
les deux. Un jour, j'étais prêt à sortir et à aller
vous demander raison de mes injustes soupçons ;
mais ce jour-là, comme je sortais, je vis entrer
une femme qui m'a tout dit.

— Une femme chez vous, Barnave, et qui vous
a tout dit ; et vous n'avez rien eu à me dire, vous,
Monsieur ?

— Non, Frédéric, je n'avais rien à vous dire,
moi. A mon sens, moi seul j'étais à plaindre,
moi seul j'étais outragé par ces tristes idées ; donc,

ce jour-là, je vis entrer une femme voilée. Elle
tremblait, elle pleurait ; à travers son voile elle
était belle ; elle me parla avec désespoir. Elle
rougit quand elle me raconta ce que vous m'a-
vez raconté vous - même, vos folles paroles,
l'ivresse du bal, le masque qui la favorisait, et sa
faiblesse dans un lieu d'enivrement, et les remords
de son amour pour vous, Frédéric, et ses terreurs
d'être découverte, et la peine que vous lui causiez,
vous, si jeune, qui ne songiez qu'à l'inconnue du
bal, et qui perdiez dans cette recherche les plus
belles heures de votre jeunesse ! Vous aviez raison, Frédéric, c'était une femme touchante, et
quand elle eut parlé de vous, qu'elle ne pouvait
plus voir, quand elle m'eut assuré que vous ne la
verriez plus jamais, elle me parla de moi ; et moi,
vaincu par cette voix touchante (elle a, en effet,
une touchante voix), je lui rendis grâce de toute
la force de mon cœur, et je lui avouai mes indi-
gnes soupçons sur la reine. Elle sanglota, elle me
prit les mains, elle me dit : « C'était moi, mal-
« heureuse, que Frédéric a rencontrée à ce bal ;
« moi, qui me suis trompée d'abord ; moi, qui
« n'ai pas su résister ; moi, indigne femme ; moi,
« qui aime Frédéric ! » Et, disant cela, elle pleura
beaucoup, et quand elle eut essuyé ses yeux, elle
pleura ; puis, voyant qu'elle était restée longtemps

avec moi, elle rougit, elle se leva, elle me dit
adieu; elle me fit promettre de ne pas la suivre,
de ne pas la reconnaître si je venais à la retrouver; elle me dit adieu pour vous et pour moi. Je
n'ai jamais vu plus de noblesse, plus de grâce,
plus de décence et de désespoir!

— Mon Dieu! Barnave, pourquoi ne m'avoir
pas dit un mot de cette rencontre? Mon Dieu!
que votre conduite envers moi est dure!

— Pourquoi donc suis-je dur envers vous, Frédéric? Je ne vous ai pas parlé de cette aventure, il
est vrai; j'espérais, à vous voir calme et résigné,
que vous aviez oublié votre bal. Mais, puisque
vous pensez encore à cet amour de bal masqué,
vous devez me remercier des détails que je vous
donne. Oui, cette femme est jeune; oui, elle est
belle; oui, vous l'aviez devinée jeune et belle;
mais aussi cette femme s'est trompée, cette
femme ne doit pas vous aimer, cette femme est
une femme honnête et sérieuse, qui pleure avec
des larmes de sang la folie de cette nuit
d'ivresse. Cette femme ne peut plus vous voir;
cette femme, en me disant son secret, m'a sauvé;
elle m'a sauvé le cœur; elle a sauvé la vie à vous
ou à moi, et son secret ne m'appartient pas!

— Cette femme, repris-je, vous a sauvé, Barnave; mais moi! moi, elle me tue! moi, elle me

retient ici, dans cet horrible Paris, où tout se dénature, au milieu de ce peuple qui me regarde
avec défiance, au milieu de ces cris, de cette
ivresse, de cette famine, de cette lèze-majesté divine et humaine, de ces meurtres sans fin, au milieu de tout ce sang; elle me force d'assister,
immobile témoin, au hideux spectacle de cette
anarchie sans frein, sans poésie et sans cœur; et
cependant je ne partirai pas d'ici, Barnave; je ne
partirai pas avant de l'avoir vue encore une fois.
Vous me direz qui elle est, Barnave; vous me direz où elle est, que je la voie, que je lui parle! Vous
devez me le dire à moi, Barnave, car vous avez
mon secret à moi. »

Barnave reprit : « Frédéric, il y a des circon-
stances où la passion est un contre-sens. Pour cette
vague et puérile passion qui vous pousse, le moment
est choisi fort mal. Voyez-moi, vous savez combien j'ai souffert d'un amour sans espoir; à présent, je n'y songe plus. Faites comme moi, occu-
pez-vous. Deux grandes parties se jouent en
France; les paris sont ouverts, la chance sera
bientôt décidée : intéressez-vous à une partie dont
votre tête sera l'enjeu. Voyez, j'ai été ferme et
loyal avec vous. Vous êtes arrivé ici incertain
dans vos opinions, gentilhomme révolté et partisan
de toutes les innovations dans le fond de l'âme;

je vous ai fait cependant du parti de la cour, parce
que je sentais qu'il y allait de votre gloire et de
votre honneur d'être du parti de votre mère et de
votre archiduchesse; homme de parti, je vous en
ai épargné toutes les peines; je vous ai aplani
joutes les voies, je vous ai fait le représentant de
la bonne moitié de moi-même, c'est vous que j'ai
chargé de mon dévouement à la reine; voulant
sauver la reine, moi, ennemi du roi, je vous ai
choisi pour mon second. Frédéric, je me suis fié
à vous pour accomplir la partie la plus difficile
de ma mission, soyez donc encore patient et soumis; j'ai encore besoin de vous, la reine en a besoin, votre mère en a besoin : l'Allemagne, quand
vous lui ramènerez la belle Marie-Antoinette,
vous recevra à bras ouverts comme un héros; ou
bien, si je succombe, j'aurai besoin de vous pour
dire à la reine, quand je serai mort, que jamais
Barnave n'a été son ennemi personnel, malgré
tous les outrages dont il l'a abreuvée; que Barnave a suivi sans colère et sans passion la voie
que les progrès du temps et les besoins de la
France lui avaient tracée; que si Mirabeau ne se
fût pas rencontré sur le passage de Barnave pour
l'éclipser et le réduire à la seconde place, j'aurais
été moins emporté et moins fanatique. Vous me
ferez pardonner si je meurs! vous sauverez la

reine si le trône s'écroule! Ainsi, vous le voyez,
votre part est assez belle : vous êtes destiné ou à
sauver ma mémoire, ou à sauver la reine; vous
comprenez, mon ami, que ce n'est pas le cas de
nous battre, et de me dire : *Tu en as menti,
Barnave,* comme si nous étions, vous et moi,
deux grenadiers de Normandie qui s'égorgent
pour un mot, et que leur colonel remplace le lendemain en achetant deux hommes au recruteur. »

Il me parla ainsi fort longtemps avec l'affection
d'un père; il me fit honte de moi-même; il rendit
quelque repos à mon âme, un peu de sérénité à
mon cœur en me prouvant que j'étais utile.
« Oui, ajouta-t-il, utile, indispensable, Frédéric;
utile comme un honnête homme, parce que vos
services n'auront pas d'éclat, parce que vous
aurez le courage d'accomplir les fonctions d'un
subalterne qui trouve sa plus douce récompense
dans son cœur; vous ne songerez ni au renom, ni
à la gloire, parce que, si vous mourez, vous, vous
mourrez inconnu! Si bien , Frédéric, que vous serez un des hommes de cœur de cette révolution!

— Oh! repris-je, être connu, me faire un nom
dans votre histoire, ce n'est pas cela que j'ambi-
tionne! Le premier jour où vous m'avez vu vous
vous êtes emparé de toutes mes volontés comme
un maître. Le rôle le plus subalterne, vous le

savez, ne m'a jamais fait peur. J'ai servi d'écuyer
au comte de Mirabeau; puisqu'il vous faut un
subalterne, je serai subalterne, j'y consens; mais
quand j'aurai tout fait pour vous, quand j'aurai
oublié pour vous mon nom, mes habitudes d'a-
ristocrate, comme vous dites, et jusqu'aux vagues
rêveries et aux souffrances de mon amour, ne
ferez-vous rien pour moi, Barnave?

— Il y aura un moment, Frédéric, où Barnave,
triomphant ou vaincu, ne pourra rien vous refu-
ser! Que je joue encore quelque temps le rôle de
Mirabeau; encore quelque temps que je sois le
premier à cette tribune dont Mirabeau fut le roi
jusqu'à son voyage de Saint-Cloud; que la France
soit attentive à ma parole; que le roi tremble;
que les derniers abus s'effacent; que les privilèges
s'anéantissent jusqu'au dernier... et puis, que me
fera un serment donné à une femme, Frédéric?
qui m'empêchera de la prendre par la main,
de lever son voile, et de vous dire : « C'est elle!
« la voilà! »

« Oh! que je sois Mirabeau un jour! que je
remplace Mirabeau! Que la reine m'appelle dans
la nuit, qu'elle me dise: « Sauvez-moi, Barnave! »
comme elle a dit à Mirabeau : « Sauvez-moi! » et
qu'ensuite je meure empoisonné comme Mirabeau! »

Je poussai un cri terrible. « Que parlez-vous de poison et de Mirabeau, Barnave?

— Quoi! reprit-il, l'ignorez-vous? Mirabeau se meurt.

— Mirabeau? notre Mirabeau à nous? Mirabeau l'aîné?

— Il n'y a qu'un Mirabeau dans ce monde, Frédéric; Mirabeau se meurt, il est empoisonné.

— Empoisonné, Barnave! Et par qui empoisonné?

— Par la main invisible et terrible qui frappe tous les grands pouvoirs, quand leur tâche est finie. Un grain de sable dans l'urètre de Cromwell, ou un grain d'arsenic dans la coupe de Mirabeau, qu'importe? Il faut qu'elles tombent à un jour marqué, ces extraordinaires puissances qui changent le monde; c'est là un de leurs priviléges les plus sacrés et les plus incontestables : mourir à temps! »

CHAPITRE LV.

MORT DE MIRABEAU.

Moriens reminiscitur.
VIRGILE.

E l'ai vu mourir. D'abord il avait lutté contre le mal, le mal avait été le plus fort. Mirabeau était vaincu pour la première fois. Cet homme, qui touchait à l'immortalité de tant de côtés divers, cet homme qui marchait si vite et si droit, la mort l'arrête dans son ardente carrière, la mort le terrasse ; il tombe écrasé par la logique meurtrière des partis, il tombe victime de son propre ouvrage : l'émancipation de l'humanité. Croyez-moi, il fallait un grand courage au principe libre qui venait de se faire jour en France pour hasarder cet immense attentat. Il fallait que ce principe se sentît bien fort pour oser assassiner son père, pour se passer, au premier moment de gêne, de la force qui

l'avait fait naître et qui l'avait soutenu, pour
marcher sans elle et malgré elle, pour se délivrer
de l'obéissance par un crime. Crime funeste ! et
qui se paye cher dans les révolutions : car à ce
crime longtemps débattu succèdent des crimes
faits au hasard, des crimes au delà de tout raison-
nement humain. Toute l'Assemblée nationale
pouvait prévoir son sort à venir en voyant Mirabeau se débattre sur son lit de mort, les membres
tordus par la douleur.

On n'a pas assez parlé de cette mort. A elle
seule elle a changé les destinées de l'Europe. La
révolution, en perdant Mirabeau son maître, a
jeté plus de bave et de venin qu'elle n'eût pu en
jeter si Mirabeau eût été là pour la comprimer.
S'il eût vécu, le héros des temps modernes, la
France n'aurait connu ni Robespierre, ni Bonaparte. Bonaparte, en venant au monde, aurait
trouvé un maître, et il n'eût point songé à le devenir. Dans mon opinion, Mirabeau représente
complétement le pouvoir populaire, aussi complétement que Richelieu représente le pouvoir
ecclésiastique, et Louis XIV le pouvoir royal.
Mirabeau mort, le peuple mourut. L'anarchie
remplaça le pouvoir jusqu'à ce que le pouvoir eût
passé aux soldats. A présent que le sceptre a passé
dans tant de mains, à présent qu'il a été violem-

ment arraché de toutes ces mains, devenues trop
faibles pour le soutenir, que deviendra-t-il, ce
vieux sceptre de France, désormais impossible à
porter? Par quelles flatteries, par quelle gloire,
par quelles grandes actions se maintiendra-t-il
dans la main qui le supporte? Difficile question,
qui ne peut être résolue que par le temps.

J'en reviens à Mirabeau. Quand il sut qu'il fallait mourir, il se résigna. Il rejeta bien loin tous
les secours de la médecine : il se prépara à bien
mourir.

Ouvrez la fenêtre qui donne sur les jardins,
approchez son lit vers le lilas en fleurs, vers les
arbres touffus; laissez pénétrer les rayons du soleil
printanier et les premiers chants de l'oiseau. Le
soleil est clair comme au jour où mourut Jean-
Jacques; l'air est embaumé; l'abeille bourdonne,
l'oiseau chante; la nature est presque aussi belle
qu'elle était belle au Bignon, quand le jeune Mirabeau, agriculteur sous son père, parcourait les
campagnes, rêvant tout haut, jetant au vent la
poésie et les soupirs de son âme. Hélas! hélas!
c'est bien le même soleil, ce sont les mêmes fleurs,
c'est le même chant des oiseaux : rien ne meurt,
rien ne change, ni la forme de la feuille, ni le
bruit, ni le parfum des campagnes; rien n'est
changé dans cette France, que la loi, et le roi et la

royauté; rien n'est changé, si ce n'est qu'il est là étendu, le roi de son temps, le Mirabeau qui parcourait les joyeux chemins en criminel d'État, le Mirabeau du fort de Joux et du donjon de Vincennes : alors aussi il voyait le soleil étincelant à travers les grilles; il lui tendait les mains de sa fenêtre, mains impuissantes à l'atteindre hier comme aujourd'hui : hier retenu par ses fers, aujourd'hui retenu par la mort!

N'importe, c'est son dernier jour de prison. Approchez, ses serviteurs; venez, votre maître vous appelle : il s'agit de le dépouiller de ses habits de malade; mettez-lui la plus élégante parure, couvrez-le de parfums, bouclez ses cheveux, rasez-le avec soin, comme s'il avait encore une comtesse bel esprit à reconduire au Palais-Royal. Ainsi il fit de son jour de mort un jour de fête. Chose étrange! il renonça sans pleurer à ce bel avenir qu'il s'était ouvert!

Il mourait au moment où il venait de comprendre toute sa force; mais l'intelligence de sa force lui suffisait; le monde devait la comprendre plus tard : à présent, il pouvait mourir. Ouvrez donc les portes de sa chambre, laissez entrer ses amis, sa maîtresse, ses enfants, ses sœurs, tout ce qu'il aime : il n'y a plus de danger pour lui; l'air du printemps est bien entré!

Mirabeau, Mirabeau, mort dans quelques heures! Inconcevable puissance, abattue, détruite, anéantie, même avant la monarchie! Non, il ne la verra pas mourir, cette monarchie qu'il voulait sauver! Non, il n'assistera pas au convoi de ce monarque auquel il a pardonné, lui si souvent emprisonné et mendiant! Non, il ne le suivra pas, le tombereau de cette reine malheureuse, Majesté aux touchants souvenirs, quand elle porta sur l'échafaud sa tête blanchie bien avant le temps! pauvre femme, presque mendiante et à peine vêtue de la robe noire qu'elle avait raccommodée de ses mains!

Heureux de mourir, Mirabeau, trop heureux, avant d'entendre ces bruits sinistres de république qui se fonde, et d'échafauds qui se bâtissent, et le bruit des cachots qu'on répare! Trop heureux, en effet : car, à la vue de ce maître souverain, de cet étrange despote, la terreur, il eût réclamé son titre de gentilhomme à haute voix; ou bien si, malgré ce titre, il eût été sauvé, vous l'eussiez vu, quand vint la réaction thermidorienne, réclamer son titre de citoyen dans le peuple : car, à coup sûr, Mirabeau était un de ces hardis courages qui ont peur du sang, et qui meurent plutôt que d'en respirer la vapeur.

Il meurt donc! Adieu, Mirabeau! adieu aussi

au dix-huitième siècle! Adieu, époque vivace,
moins vivace que Mirabeau! Adieu, vieux monde,
qui ne te soutiens plus que par le souvenir! Autel, adieu! Trône, adieu! Majestés souveraines,
poésie, philosophie, histoire, aristocratie, majestés
de l'autre monde, adieu! L'ancien monde finit à
Mirabeau, de même que le nouveau monde devint Europe le jour où Christophe Colomb porta
le pied sur ces terres ignorées. Silence donc et
courage! A présent que Mirabeau n'est plus, vous
n'avez qu'un choix, vous qui vivez encore : vivre
dans le chaos ou mourir.

CHAPITRE LVI.

AGONIE.

« Ne vois-tu rien venir ?
— Je vois le soleil qui flamboie. »
PERRAULT.

QUELQUEFOIS la nature prenait le dessus, le malade semblait renaître, le sang circulait de nouveau dans ce vaste corps, le feu remontait à ce regard éteint; le mal, vaincu, se taisait : alors le moribond redevenait tout à fait Mirabeau.

Ce fut dans un de ces instants de calme qu'il me vit au pied de son lit, comme je le regardais mourir. Il m'appela du regard à son chevet, et à son chevet, la tête penchée vers moi, il me parla de la reine. « L'avez-vous vue, Monsieur ? n'aura-t-elle pas un mot à me faire dire avant la mort? Et le roi, lui pour qui je meurs ! » Son regard inquiet cherchait en vain le messager royal : per-

sonne de la cour ne vint au lit de mort de Mirabeau.

Tout à coup la porte s'ouvrit à deux battants ;
un éclair de joie brilla dans ses yeux. « Qui va
là ? » me demanda-t-il.

— C'est une députation de l'Assemblée nationale qui vient vous voir, Mirabeau ; c'est Barnave
qui la conduit ! »

Il se leva en souriant, il salua de la main ses
collègues ; puis il prit Barnave de ses deux mains,
et, l'attirant à soi comme pour l'embrasser : « Barnave, dit-il, bon jeune homme ! Barnave, je
meurs ; soyez le premier à la tribune. Si vous
avez été jaloux de Mirabeau, pardonnez-lui, Barnave, je vous bénis au lit de mort, car vous avez
du cœur et de l'âme ; vous êtes orateur comme
moi, et vous mourrez comme moi, assassiné : cela
est sûr, aussi sûr que je meurs. Hâtez-vous donc
de montrer qui vous êtes ; vous mourrez avant
peu. Vous êtes tous morts, moi mort. Je te bénis
donc, Barnave : car, toi, tu n'es pas un empoi-
sonneur ; toi, tu as été loyal ; toi, tu es né malheureux, plus malheureux que moi, pauvre Barnave !
Et à présent, adieu ! Si j'ai encore un conseil à te
donner, le voici : prends garde à ton amour, Barnave ! »

Disant ces mots, il s'affaiblissait. Il ôta ses bras

du col de Barnave et, se penchant sur moi : « Dites à la reine et au roi, me dit-il tout bas, que,
moi mort, il n'y a plus de trône ; qu'ils aient à
fuir le volcan populaire ; que le peuple n'a plus
de maître ; que Mirabeau meurt vaincu, comme
Louis XVI, par l'anarchie. Dites-lui que Mirabeau a aussi ses cousins d'Orléans. »

Il baissa la tête, et répétait tout bas : « Pas un
mot de consolation ! rien de la reine ! » Puis, en-
tendant les clameurs du peuple qui demandait de
ses nouvelles :

« Bon peuple ! dit-il, reconnaissant une heure,
plus reconnaissant que les cours ! »

L'agonie le reprit.

CHAPITRE LVII.

DÉVOUEMENT.

Prenez mon sang et buvez.
(*Évangile.*)

SON agonie fut longue. Il dormait, puis il se réveillait pour embrasser ses amis ; il leur tendait la main avec un muet sourire. Puis il songea à faire son testament. Il n'avait rien à donner. Un de ses amis, le plus hardi, le plus heureux, lui donna sa fortune, afin qu'il eût quelque chose à donner. Mirabeau l'accepta.

Même il y eut une scène d'une effrayante solennité.

Nous entourions le lit du moribond, il reposait. Tout à coup entre un homme. Il marchait doucement, respirant à peine ; son visage était résolu.

Il se posa devant le docteur Cabanis et, lui tendant son bras nu, il lui dit à demi-voix :

« Mirabeau n'a plus de sang : son sang est brûlé et perdu ; la prison et l'amour ne lui en ont pas laissé. Les Anglais savent ranimer les cadavres par la transfusion, il ne s'agit que de trouver du sang à remplir les veines du cadavre. Voici ma veine : ouvrez-la, prenez mon sang, c'est du sang pur et fort, un sang honnête et dévoué, qui remontera au cœur de la monarchie qui expire sur ce lit. Prenez mon sang, docteur, il appartient à Mirabeau, prenez ! qu'il vive ! et que je meure en criant : *Vive le roi !* »

On regardait cet homme avec admiration : des larmes, des larmes retenues jusqu'alors, tombaient en silence de toutes les paupières ; on cherchait à se souvenir si jamais le deuil du peuple était allé jusque-là. J'eus encore, à ce propos, un vil moment de jalousie ; je m'écriai tout bas : « C'est le fou de la reine, Messieurs ! » Mais lui, reprenant la parole, et tendant son bras de nouveau :

« Non pas, non pas, dit-il, je ne suis pas un fou ; ceci n'est pas l'action d'un fou, il me semble ; je n'ai jamais été un insensé, comme vous dites. Si c'est vraiment Mirabeau qui est couché sur ce lit, pâle et blême, pris par le râle, c'est chose sage et sensée au premier venu de dire à ce cadavre : *Veux-tu mon sang?* C'est chose sainte et prudente de donner son sang, tout son sang, à ce cadavre : car ceci n'est pas un homme isolé, ce n'est ni un père, ni un fils, ni un époux, ni un de ces malades vulgaires qu'on pleure, dont on porte le deuil, auquel on élève un tombeau sous un cyprès, douleur d'un jour, que le temps emporte aux premières feuilles du cyprès! Ceci, c'est la monarchie; ceci, c'est la France; c'est vraiment la France qui râle et qui est morte! Si je suis un fou, Messieurs, de venir apporter mon sang dans ces veines taries, c'est que peut-être j'arrive trop tard. En ce cas seulement je suis un fou, je le veux bien, j'y consens, je suis des vôtres. Un fou, je ne l'ai pas toujours été ! »

Il s'approcha du lit, et, se penchant sur le corps étendu du mourant : « Tu meurs, dit-il, toi si utile et si intelligent! tu meurs, toi vaincu, toi pardonné, toi ami de la bonne cause! tu meurs entouré, honoré pleuré; tu ne penses donc pas, Mirabeau, à achever ta noble entreprise, à accomplir ta glorieuse tâche? Le sort ne veut pas, le sort te rappelle, et personne ne peut prendre ta place, personne! pas même moi, qui te donne mon sang, tout mon sang, si tu veux vivre encore huit jours!... »

Ses paroles furent étouffées par les sanglots.

On tira un coup de canon à l'intérieur; Mirabeau se leva sur son séant, et d'une voix encore sonore et franche : « N'est-ce pas là le commencement des funérailles d'Achille ? »

C'était mieux que les funérailles d'Achille, c'était la mort d'Hector.

C'était la constitution française qui venait de perdre son Christ, elle aussi, comme toutes les religions accomplies.

Soudain il fut saisi de ces atroces douleurs sous lesquelles il se tordait comme du fer. Il voulut parler, la parole resta sur ses lèvres. Cette voix éloquente, qui avait suffi à donner la liberté à tout un peuple, resta muette. C'en est fait, Mirabeau est mort !

Il ferma les yeux quelque temps, il opposa l'inertie à la douleur, il se laissa tenailler comme un martyr à la question, après quoi il ouvrit les yeux, et sur une page commencée il écrivit en grosses lettres ce simple mot : Dormir.

Il avait vu le ciel, il avait respiré les derniers parfums, il avait entendu les derniers concerts de la terre; il avait dit adieu à ses amis, à sa sœur, à son enfant; il avait entendu les derniers sanglots de sa maîtresse qui pleurait chez son portier, et les angoisses de la foule. A présent, il voulait dormir.

Dormir à tout prix, dormir de ce sommeil de

l'Orient qui s'enveloppe de songes et de silence :
éclatant sommeil que donne l'opium et le ciel
chaud, merveilleux repos où tout se plonge,
excepté la pensée ! Il voulait dormir.

Il s'endormait, quand il fut réveillé au nom de
Pitt. Ce nom d'un commençant politique le tira
de sa léthargie, et lui rendit un instant la parole :
— « Pitt, dit-il, Pitt ! Si j'avais vécu, je lui aurais
été fatal ! »

Fatal, en effet, car, si la même France avait tenu
dans son sein un Bourbon légitime, une constitution légale, Mirabeau ministre et Bonaparte
général, je vous demande où serait la grandeur
de l'Angleterre et de Pitt.

A la fin, il fallait mourir. Il essaya de mourir
debout, à la manière d'un empereur ; mais la vie
n'était plus que dans son crâne ; le corps resta immobile, et il dit à l'ami qui soutenait sa tête :
« Tu portes cependant la tête la plus forte de la
monarchie ! »

J'entendis Castelnaux qui disait tout bas :

« Et la plus forte tête, après celle de Mirabeau,
c'est la mienne. La tête d'un pauvre fou, qui n'est
bonne à rien, pas même à être jetée à la populace,
qui est si peu difficile dans ces sortes de choix. »

Quand la tête de Mirabeau retomba sur l'oreiller,
nous étions à genoux. Il y a des têtes privilégiées

dans le monde, leur dernier bond a de singuliers échos. La tête d'Alexandre retombe en brisant la monarchie universelle. Le dernier bond de la tête de Mirabeau brise plus que la tête d'Alexandre lui-même n'a brisé : elle fait voler en éclats la monarchie de saint Louis, de Henri IV et de Louis le Grand !

CHAPITRE LVIII.

DEUIL.

Quomodo cecidit potens?
(Ecclésiaste.)

J'ÉTOUFFAIS. Au dernier soupir exhalé de cette vaste poitrine, la royauté venait de mourir. Il me semblait que le ciel aurait dû se couvrir à ce triste et solennel moment. Je sortis de cette maison funèbre; je traversai cette galerie pleine de livres en désordre, ces cabinets dont les murs étaient chargés de portraits de femmes; je vis sans le voir tout cet appartement consacré aux festins, à l'étude, à l'amour, désormais plein de deuil. Je vois encore la demeure de cet homme: c'était un intérieur bizarre, qui tenait à la fois du gentilhomme et du bourgeois, du jeune homme et du vieillard; douteuse demeure, qui évidemment abritait autant de vices que de

vertus! Vous n'avez jamais vu rien de pareil. Le
bois de chêne sculpté, les vieux cadres entourés
de guirlandes, les fauteuils aux larges bras, la
bergère dorée, la tenture à l'aiguille, tout le vieux
temps étoffé, reluisant, épais et riche; et sur ces
meubles, des livres, des journaux, des discours de
députés, des pamphlets, tout l'attirail moderne de
la pensée révoltée. Quand je sortis, les laquais
pleuraient, le vieux chien hurlait, et la sœur du
mort, appuyée sur le marbre d'une console, paraissait plongée dans les plus amères réflexions.

A la porte il y avait des mendiants en guenilles, au teint hâve; ils avaient l'air fort triste
d'avoir perdu *leur bon seigneur* : car, à force de
bienfaisance, la féodalité, chassée de toutes parts,
se retrouvait encore à la porte de Mirabeau avec
ses respectueuses formules; à la porte de Mirabeau, il y avait même un prêtre qui consolait les
pauvres en leur distribuant les dernières aumônes
de Mirabeau!

O Mirabeau! inconcevable puissance! Mirabeau, l'homme des deux âges poétique et philosophique! Par un privilége unique, il a réuni l'enthousiasme du dix-septième siècle à l'ironique
scepticisme du dix-huitième. Mirabeau, qui a su
avoir des passions, qui leur a obéi en esclave ;
Mirabeau, qui a su avoir du génie, qui a su

dominer en maître son génie, et qui est mort après
l'avoir vaincu, après l'avoir fait rentrer dans la
voie étroite qui lui déplaisait! Pleurez, vous qui
aimez la patrie! lui aussi, comme Coriolan, il est
revenu de chez les Volsques; lui aussi il a été
fléchi par la voix d'une femme; lui aussi il a embrassé avec transports les portes de sa ville natale!
Pleurez-le, républicains et gentilshommes, car aux
républicains il a donné une langue, et il meurt
parce qu'il s'est trouvé trop de vieux sang dans
les veines pour consentir à être un homme nouveau! Mirabeau, l'homme des fêtes, des joyeuses
orgies; l'éloquent et hardi jouteur qui a brisé le
despotisme; le maître et le premier dans l'éloquence de la liberté européenne; un homme qui
n'a pas eu de rivaux, un homme qui n'aura pas
d'imitateurs, et qui pourtant ne sera jamais orateur modèle, mort tout entier, mort, inanimé,
froid; à qui le trône de France renversé de fond
en comble servira en même temps d'oraison funèbre, d'épitaphe et de tombeau!

J'arrivai jusqu'au fond du jardin, malheureux,
éperdu, ne concevant rien à la douleur qui me
saisissait à l'âme; jamais je n'avais eu pareille
douleur; jamais je n'aurais imaginé que la perte
de cet homme serait suivie pour moi d'un découragement si complet. Mirabeau mort, adieu pour

moi la fiction, adieu les rêves de l'avenir, adieu
mon ami qui me protégeait, adieu toute mon im-
portance politique, adieu la reine, adieu Barnave :
car Mirabeau, c'était la reine, c'était Barnave,
c'était moi, c'était le drame autour duquel nous
tournions tous, incessamment poussés par une
invisible main. Il me semblait que l'histoire de
ma jeunesse finissait à ce cercueil. Mort Mirabeau,
mort le joyeux convive du *Trompette blessé*, mort
l'aventureux jeune homme aux bondissantes
amours ; morte cette voix puissante qui avait un
écho dans toutes les capitales du monde ; mort ce
génie, mort ce cœur, morte cette passion sans frein
qui s'emportait çà et là, échevelée et vagabonde
comme une jeune fille folle d'amour !

Au détour de l'allée je rencontrai un homme
penché sur un rosier mousseux et qui en considé-
rait attentivement l'architecture. La méditation de
cet homme était profonde, l'enthousiasme perçait
dans tous ses traits, son émotion était visible. Je
reconnus mon amateur de roses ; il avait trouvé
dans les jardins de Mirabeau la fleur qui manquait à sa collection. A présent, prosterné, penché,
courbé jusqu'à terre, il était devant cet arbuste,
ne songeant qu'au bouton qu'il venait de découvrir, ivre, muet, heureux. Oh ! si l'on disait à cet
homme : « Cueille la fleur qui vient de naître,

effeuille-la dans ta main, brise jusqu'au dernier
bouton, arrache l'arbuste dans sa racine, compose
avec le tout la corbeille à l'usage des morts, va
jeter la fleur et sa feuille sur la tombe qui vient
de s'ouvrir, couvre de parfums le tombeau de
l'orateur ; viens, prête-nous tes fleurs pour les jeter
sur son cercueil, » vous verriez tout à coup s'af-
faisser cette passion d'artiste, tout à coup l'enthousiasme faire place à la peur, l'égoïsme revenir
sur ce visage radieux. « Non pas cette rose, dira
l'amateur, non pas ces précieuses feuilles sur ce
tombeau ouvert : cette fleur est à moi, c'est ma
collection ! c'est ma vie ! Mais, si vous voulez,
prenez toutes les autres fleurs, ravagez tout le
parterre, n'épargnez ni les œillets ni les lis : tout
est bon pour orner une tombe ; mais épargnez ma
passion à moi ; ne souffrez pas qu'il reste une
place vide dans mon herbier ou dans mon parterre. » Personnalité mesquine, image trop véritable du deuil des nations !

C'est ainsi que la nation française a porté le
deuil de Mirabeau ! Elle a fait comme l'amateur
de roses, elle a défendu sa passion, puis au mort
qu'elle pleurait elle a sacrifié tout le reste. Le
temps est venu d'honorer ce corps sans vie. Demandez au peuple, qui ne croit plus à rien, le
plus grand, le plus beau de ses temples pour y

poser ce corps, le peuple le donnera, ce temple
qui n'entre plus dans sa collection favorite; le
peuple chassera le Dieu du sanctuaire, il renver-
sera les saints de leur base, il prendra la pierre
consacrée de l'autel, chargée de reliques, pour la
placer sur le tombeau. Servez-le donc, ce peuple!
jamais vous n'aurez de lui que les objets dont il
ne fait plus usage; ses dons les plus précieux,
tenez-vous pour assurés qu'il ne les donne que
parce qu'il les dédaigne. Il donne tout un temple
à Mirabeau : il aurait refusé six pieds de terre à
Voltaire et à Rousseau dans ce même temple!
Pauvre gloire humaine, tu n'es qu'une vaine fumée, et tu n'existes que parce que le peuple, maître
égoïste, souverain absolu de cet auto-da-fé conti-
nuel, se plaît à voir l'incendie qui la produit, cette
vaine fumée, après laquelle nous courons tous!

Aussi, voyant mon amateur de roses occupé de
sa collection à côté du cadavre de Mirabeau, je me
pris en profonde pitié, moi qui jouais aussi à la
collection! Je résolus sur-le-champ de partir et
d'emporter quelque part mon amour incomplet
sans y songer plus longtemps. Qu'ai-je à faire ici
d'ailleurs? Mirabeau mort, n'ai-je pas le dernier
mot de la France et du roi? Mon maître à moi,
le héros que je suivais à cheval, m'a laissé sans
condition : il faut partir, il faut quitter ce volcan

qui me dédaigne; il faut m'arracher à la perpé-
tuelle moquerie dont je suis la dupe. Après tout,
que m'importe ma passion! que peut me faire
cette misérable passion, comparée aux maux que
je souffre? Mirabeau est mort, Barnave me dédaigne, la cour m'est fermée, Hélène, ma cousine
Hélène, souffre sans le dire, je ne suis bon ici à
personne; ici je ne suis aimé de personne, ici je
ne puis rien voir de ce qui se passe dans ce monde,
ici j'étouffe et je meurs, je n'ai plus foi à rien,
j'ai tout épuisé partout. Adieu Paris, devenu
capitale depuis le jour où j'y entrai; adieu Versailles, ville morte; adieu le petit Trianon, adieu
les *bains d'Apollon*, adieu l'Opéra et ses nocturnes
et périlleuses saturnales; adieu aux petites maisons
lambrissées et dorées; adieu à cette société fardée,
en nœuds et en larges manchettes; adieu, France,
adieu, belle ruine, adieu! je ne puis entendre le
bruit de ta chute d'assez loin pour n'en être pas
abasourdi!

CHAPITRE LIX.

ADIEUX.

> Mes adieux furent tristes. Il est triste
> d'adresser des adieux au cercueil.
>
> MISS EDGEWORTH.

MA résolution prise une fois, tous les préparatifs de mon départ furent bientôt
arrêtés. C'était par une chaude journée
du mois de juin, j'étais prêt dès le matin ; mais
avant de partir je voulus revoir encore tous les
lieux où s'était passée cette époque si étrange de
ma vie. A peine sorti de chez moi, je me rendis à
la taverne du *Trompette blessé*, je montai dans la
salle haute. En ce lieu, j'avais vu pour la première fois les héros de ce monde nouveau, héros
déjà évanouis ! Quel bruit c'était alors ! quelles
brûlantes paroles ! quels vifs sarcasmes ! quelle
insouciance pour l'avenir ! Ces lieux étaient bien
changés : les anciens habitués de ce cabaret, si

vifs, si jeunes et si forts, étaient vaincus aujour-
d'hui; ils étaient déjà vieux, perdus et morts : le
vieux Saturne avait dévoré ses fils. Aujourd'hui,
dans ce même cabaret, sur ces mêmes bancs, tachés
encore de l'orgie de la veille, étaient assis les pouvoirs nouveaux de la nouvelle France; l'enthousiasme était plus terre à terre, il parlait un mauvais français; les théories, de progrès en progrès,
en étaient arrivées à ce mot : *meurtre politique*.
Le costume lui-même s'était fait populace; la
haine était assise à ces tables, non plus la haine
qui éclate et s'écrie, et qui souvent pardonne,
mais la haine envenimée, la haine occulte, la haine
qui se glisse comme un serpent et qui lance son
dard et son venin à coup sûr.

Je m'éloignai de cette taverne, jadis si joyeuse,
sans avoir pu porter mon verre à mes lèvres, et
poursuivi par les ignobles toasts de cette ignoble
société.

Sorti de la taverne, je traversai tout Paris; je
revis l'Opéra : ses portes étaient fermées, ses por-
tiques étaient couverts d'une foule fort peu artiste
qui parlait des affaires publiques. L'Opéra était
devenu politique, les danseuses y arrivaient à
pied; divinités détrônées et humiliées, on vendait
leurs chevaux et leurs hôtels, on les interrompait
dans leurs danses les plus gracieuses; l'art était

caché et plaintif, la ruine pesait sur l'art : il était trop grand seigneur pour ce temps. Ainsi poursuivi par ces tristes images, je cherchai en vain autour du monument quelques ombres errantes de ma nuit de bonheur et de volupté.

Je passai devant le Théâtre-Français : le *Mariage de Figaro* avait disparu de l'affiche pour faire place à des drames de son école, moins l'esprit, le style, la verve et le talent ; au dedans comme au dehors du théâtre, dans l'art comme dans la politique, le *Mariage de Figaro* portait ses fruits.

Dans les rues se vendaient à l'encan les livres, les tableaux, les statues, les gravures, les chevaux pour la course et les meutes pour la chasse, tout ce qui faisait jadis l'intérieur d'un gentilhomme, tout ce qui composait naguère une vie élégante et heureuse ; ces trésors du luxe et du goût étaient étendus au hasard, exposés sans choix à la curiosité indifférente des passants. On comprenait que les portraits de famille viendraient bientôt à leur tour dans cet encan à l'usage de la populace : car non-seulement les enfants ont souffert des rigueurs de cette époque, mais encore leurs pères et leurs mères, arrachés qu'ils ont été aux nobles lambris des hôtels où ils étaient fixés depuis le grand roi !

Cela est un grand dommage de porter les mains

sur les générations ensevelies, de les arracher violemment à cette vie de second ordre que leur donne le ciseau ou la toile, d'exposer tant de figures vénérables sur les places publiques et dans les carrefours, de déshonorer l'intérieur des familles et de profaner leurs souvenirs! A l'époque dont je parle, il n'y avait déjà plus d'intérieur pour personne en France; l'intérieur du roi avait été profané le premier.

Je l'avoue, j'eus la faiblesse de repasser devant cette maison aux mystérieuses fenêtres où j'avais vu tant de personnages divers, où j'avais entendu tant de choses inouïes : cette jolie maison parfumée, dorée, si élégamment vicieuse, ils en avaient fait un club !

A la porte de Mirabeau, une pancarte flottante indiquait que l'appartement était à louer. On passait devant la maison sans se découvrir.

J'avais voulu m'assurer avant mon départ que rien ne pouvait plus me retenir à Paris. Partons donc puisqu'ils ont tout gâté en si peu de temps. Ils ont ôté sa majesté à la maison de Mirabeau, ses grâces à l'Opéra, son esprit à la Comédie-Française, son inviolabilité à la vie intérieure; que dis-je? ils ont gâté jusqu'aux joies du cabaret, les malheureux !

CHAPITRE LX.

FUITE.

Fuyez! fuyez! fuyez!
JENNY DÉANS.

JE perdis ainsi ma dernière journée. Vint le soir. « Je ne passerai pas la nuit dans cette ville, Georges ; nous partons cette nuit pour l'Allemagne ; allez retenir des chevaux, que ma voiture soit prête à la *porte Saint-Denis* à onze heures : j'irai vous rejoidre, attendez-moi. »

Ici je fus saisi d'une espèce de vertige. Partir sans voir Barnave, partir sans dire adieu à ma mère, partir sans revoir Hélène, sans présenter mes respects à la reine ; partir de Paris comme je suis parti de Vienne, en écolier délivré de son précepteur ; partir comme si j'étais encore un philosophe! Non, je ne partirai pas ainsi; je ferai au moins mes adieux à ma mère : cependant il faut que je parte ce soir.

Quand j'eus donné mes derniers ordres, je sortis. La nuit était avancée, mais c'était une nuit d'été, peu sombre et parsemée d'étoiles. Je ne saurais vous rendre l'aspect général de la ville. Il me sembla qu'elle s'agitait dans tous les sens. C'était un brouhaha universel. Au Palais-Royal, tous les orateurs populaires étaient à leur poste, déclamant contre la reine et se ruant en mille injures horribles que je n'oserais répéter même dans l'ivresse; dans les halles, dans les carrefours, partout, on trouvait, à cette heure, des énergumènes qui faisaient entendre des cris de mort. Les Français s'assemblaient autour de ces forcenés et les écoutaient bouche béante : on eût dit, à les voir de loin, d'innocents Italiens réunis, par un beau clair de lune, autour d'un improvisateur favori. Les rues étaient pleines de gardes nationaux et de soldats, les corps de garde étincelaient de feux, les chevaux des officiers traversaient la ville en piaffant. Tel était l'aspect général. Puis, dans ma course, il m'arriva plusieurs accidents qui me parurent de mauvais présages : je heurtai, en marchant, un homme qui remettait la boucle de son soulier, cet homme avait les traits du roi; au

coin d'une rue je voulus appeler un fiacre, le
cocher se retourna pour me dire qu'il était retenu,
cet homme ressemblait au comte de Fersen ; un
postillon passa, je crus reconnaître M. de Valory.
Cependant je me dirigeais toujours vers les Tuileries. En approchant du palais, je vis une femme
d'une taille élégante, d'une noble démarche, baissant la tête, qui donnait le bras à un garde du
corps. Cette femme m'occupa malgré moi, je
hâtai le pas pour la voir. Tout à coup passa un
grand carrosse, entouré de gardes et de laquais ;
les laquais portaient des torches, la voiture allait
au galop. Je regardais en même temps l'inconnue
et la voiture ; à la lueur des torches, j'espérais
reconnaître ce visage. Quand l'équipage passa
près d'elle, cette femme leva la tête, et, saisissant
la cravache que son guide portait à la main, je la
vis courir contre cette voiture ; elle la frappa d'un
coup de cravache, puis, se retournant, elle la vit
entrer dans la cour des Tuileries avec un air singulier de vengeance et d'amour-propre satisfait.
Jamais on ne saurait imaginer nulle part plus de
majesté indignée dans une figure humaine. C'était
la reine !

Je reculai épouvanté.

Le garde du corps, revenu de sa première surprise, reprit sa cravache, et, rabaissant le voile de

Marie-Antoinette, il l'entraîna plutôt qu'il ne la guida hors de cet endroit dangereux.

« Quoi ! me dis-je, et mes cheveux se dressaient sur ma tête, quoi ! toute la cour vagabonde ce soir ! Quoi ! le roi et la reine dans les rues de Paris à l'heure de leur sommeil ! Les ombres sont-elles déchaînées dans la ville ? Est-ce veille ou songe ? »

Et tout à coup, poussant un grand cri : « Et la comtesse Hélène, où est-elle ? Et ma mère, où est-elle ? Et pourquoi tout ce monde déchaîné ce soir, et pas elles ! Et où sont-elles à présent ? Et moi qui voulais fuir sans vous voir, Hélène ! sans vous embrasser, ma mère ! » Et je me précipitai dans les cours du château.

La sentinelle me demanda où j'allais.

« Au château, lui dis-je, chez madame la douairière de Wolfenbüttel. »

CHAPITRE LXI.

SUITE.

Dans la cour du château et au bas du perron de Leurs Majestés, je vis arrêtée la voiture que la reine venait de flétrir d'un coup de fouet. Plusieurs gardes s'étaient groupés autour de cette voiture, d'autres gardes se promenaient en grand nombre dans la vaste cour; tout était tranquille, l'horloge sonnait onze heures; on entendait le pas régulier de la garde qui se relevait : tout le château avait l'aspect accoutumé. Je pensai alors que j'étais le jouet d'une folle vision, et que tout ce que j'avais vu appartenait à l'exaltation de ma tête; je me rassurai quelque peu et je ralentis le pas.

La voiture repartit au galop, les sentinelles lui portèrent les armes, la grande porte se referma, et toute la cour rentra dans le repos.

Cependant je demandai ma mère. Ma mère était
chez elle; je montai, un domestique vint m'ouvrir.

« Madame n'y est pour personne ce soir, » me
dit-il. Il refusa de m'annoncer.

Je voulus entrer dans l'appartement de ma
mère, la porte était fermée en dedans, ce qui ne
lui arrivait jamais.

Je frappai légèrement à la porte : d'abord on ne
me répondit pas; je frappai de nouveau. Une
voix faible et tremblante cria : « Que me veut-on? »

« C'est moi, c'est moi, Madame, répondis-je,
moi qui viens à votre secours, ouvrez-moi! »

J'entendis ma mère qui faisait un effort pour se
lever, mais elle retomba sur son siége : « Les
jambes me refusent tout service, Hélène! »

—Je vais ouvrir à votre fils, » répondit une voix
qui m'était bien connue, et la porte s'ouvrit.

Hélène me salua tristement d'un signe de tête;
ma mère, à mon aspect, sembla se ranimer, et elle
me regarda d'un air suppliant. Ce regard me
toucha. Nous changeâmes alors de rôle, ma mère
et moi : elle m'avait guidé jusqu'alors, c'était à
moi à la guider à présent.

La comtesse était venue reprendre sa place; sa
tête était cachée dans ses deux mains.

Voyant que l'une et l'autre gardaient le silence:

« Je viens de voir Sa Majesté, Madame, dis-je à
ma mère avec l'accent de la plus profonde afflic-
tion.

— Quelle Majesté? reprit vivement Hélène, et
ses joues se couvrirent de rougeur. De quelle
Majesté parlez-vous, Monsieur? il y en a tant
aujourd'hui!

— Vous savez bien, ma cousine, que je n'en
connais que deux, moi : le roi et la reine. Oui,
repris-je tout bas, je viens de voir le roi et la
reine dans la rue, à cette heure, et si je viens au
palais cette nuit, c'est pour vous, ma mère, c'est
pour vous, ma cousine; c'est pour vous sauver
toutes les deux de la fureur du peuple, quand il
apprendra que ses victimes lui échappent. Je viens
vous sauver, ma mère, et vous sauver, Hélène, ou
bien mourir avec vous : choisissez!

— Et vous avez vu le roi le premier? reprit ma
mère.

— Oui, Madame, le roi le premier, bien dé-
guisé; j'ai reconnu la reine aux flambeaux d'une
voiture qui vient d'entrer dans la cour il n'y a
qu'un instant. »

Les deux femmes pâlirent. « Quoi! la reine a
rencontré cette fatale voiture? dit ma mère en
joignant les mains.

— Oui, elle l'a rencontrée, Madame, et à cette

vue elle ne s'est pas contenue, elle l'a frappée de
son fouet, la reine, et, si elle eût pu, elle eût frappé
du pied cette voiture; et quand ces flambeaux ont
passé, la reine ne s'est plus cachée; et c'est à sa
royale allure que je l'ai reconnue. Mais rassurez-
vous, moi seul je l'ai reconnue, et elle doit être
bien loin à présent.

— O ma noble maîtresse! » s'écria la comtesse
les yeux baignés de larmes; puis, élevant la voix :
« A présent, ma cousine, il ne nous reste plus
qu'à la rejoindre et à partager de nouveau ses
périls.

— Madame, repris-je, je suis tout prêt à partir
avec vous. Ma chaise m'attend à la porte Saint-
Denis; quel que soit le chemin qu'aient pris Leurs
Majestés, nous pouvons arriver presque en même
temps qu'elles à la frontière. Allons, venez, ma
mère; venez, ma cousine; rejoignons notre patrie
à nous, notre paisible Autriche; fuyons ce volcan
qu'on appela la France, il finira par tout engloutir.

—Rejoignons la reine, Monsieur, reprit Hélène,
là est ma patrie, là est mon devoir; votre patrie, à
vous, c'est votre mère; dans ces périls pressants,
soyons à la hauteur de tant d'infortunes, Frédéric,
n'oublions jamais ni vous ni moi notre devoir! »

Ma mère s'était agenouillée devant un prie-dieu;
je me mis à genoux à côté d'Hélène : nous nous

relevâmes quand ma mère eut achevé sa prière.
Les deux femmes se revêtirent d'un mantelet noir,
elles cachèrent leurs figures sous de vastes cha-
peaux, et, me prenant le bras, elles s'abandon-
nèrent à moi dans ce voyage hasardeux.

CHAPITRE LXII.

LA FUITE.

La rose d'Angleterre s'épanouissait
sur le front de Gertrude.

(M. CAMPBELL, *Gertrude de Wyoming.*)

UAND j'eus ces deux femmes au bras et que je les sentis à mes côtés, éperdues et tremblantes, la ville me parut beaucoup plus sombre qu'à l'ordinaire. La nuit s'épaissit à mes yeux, et je marchai dans ces rues presque au hasard. Hélas! ma pauvre mère, à pied à cette heure, s'abandonnait à moi pour la première fois de sa vie. Déjà nous avions changé de rôle : aussi dans cette nuit d'angoisses, j'étais fier de la voir se confier à son fils, j'étais heureux de lui rendre aujourd'hui les soins qu'elle m'avait prodigués jusqu'à ce jour.

A ma droite, et s'appuyant à peine sur mon

bras, marchait ma cousine Hélène. Bien plus que
ma mère, Hélène avait la conscience du danger
que nous courions. A chaque instant elle prêtait
l'oreille, croyant entendre Paris se réveiller en
sursaut et la grande voix du peuple se démener
autour de ce palais vide dont il avait fait une
prison. Quelquefois Hélène hâtait le pas, comme
si nous eussions été poursuivis. Ce fut un horrible
moment pour moi que cette fuite. Ma mère marchait à peine, Hélène aurait voulu courir, j'aurais voulu porter ma mère et courir avec Hélène!
En vérité, ce fut une fatale nuit!

Nous avancions peu à peu jusqu'à la porte
Saint-Denis, nous avions déjà détourné plus d'une
rue, quand, à la lueur du réverbère, Hélène aperçut une homme qui nous suivait, enveloppé dans
un large manteau.

Cet homme glissait contre la muraille. Nous
marchions, il marchait; nous faisions halte, il
s'arrêtait; nous allions à gauche, il allait à droite;
c'était comme une ombre impassible qui suivait
tous nos mouvements avec le sang-froid et le silence d'un espion qui tient sa proie. A cette vue,
je sentis mes forces me manquer.

Je regardai ma mère qui se traînait à peine,
n'ayant aucune idée du danger que nous courions;
pour Hélène, elle avait l'œil fixé sur l'homme au

manteau noir, et elle tremblait autant que moi.

Hélène me dit tout bas : « Si nous allons plus loin, nous trahissons la reine. On nous suit, prenez garde, changeons de route, nous sommes épiés ! »

Je sentis en même temps que les forces de ma mère l'abandonnaient.

Je dis à Hélène : « Il est impossible d'aller plus loin, ma cousine, ma mère succombe ; attendons sur cette borne jusqu'au jour, nous ne trahirons pas le chemin de la reine ; elle sera sauvée demain. »

La rue était étroite. A la porte d'une maison de peu d'apparence il y avait un banc de pierre. Je plaçai ma mère sur ce banc, Hélène prit place à côté de ma mère, je me tins debout dans l'angle de la porte derrière elle : nous étions dans l'ombre tous les trois. A quelques pas, et du côté opposé, se tenait notre espion, immobile, debout et dans l'ombre !

Je vous répète que la nuit était profonde, le silence profond, la terreur profonde. Serrés tous trois l'un contre l'autre, nous attendions le jour.

Tout à coup, à travers les fenêtres de la maison opposée, à l'instant le plus grand de notre découragement, une étrange apparition attira tous nos regards. Une vive lumière vint à frapper sur cette fenêtre, et dans l'appartement ainsi éclairé nous

vîmes entrer plusieurs figures d'une apparence
triste et pensive, qui se placèrent à genoux contre
les murailles. Quand ces personnages furent à
genoux, un enfant alluma le lustre attaché au
plancher de la salle, et toute cette scène lugubre
fut éclairée comme un spectacle qui se serait
donné pour nous seuls.

A la première lueur partie de la fenêtre, Hélène
et moi nous avions regardé de toutes nos forces
cette scène nocturne ; ma mère tenait toujours la
tête baissée. Plusieurs fois, inquiet de ce que nous
allions voir, je portais mes regards de cette scène
sur ma mère. C'était en effet une étrange scène !
Quand nos yeux, habitués à cette obscurité éclairée,
purent distinguer les objets, nous aperçûmes
toutes les ombres à genoux, hommes et femmes,
prêtres en surplis, jeunes filles en robes blanches,
qui priaient et se frappaient la poitrine. Bientôt
s'ouvrit une porte latérale, et nous vîmes sortir
de cette porte un vieux prêtre qui traînait une
croix de bois ; cette croix était noire et massive, le
vieux prêtre avait peine à la traîner. Quand la
croix fut au milieu de l'appartement, l'enfant de
chœur passa au prêtre son surplis ; le prêtre s'age-
nouilla, on alluma un cierge, on apporta l'eau
bénite, on apporta les clous, et les clous furent
bénits. Quand tout fut préparé, la même porte

latérale s'ouvrit de nouveau; cette fois la victime venait après l'instrument du supplice. Deux femmes âgées conduisaient, appuyée sur leurs bras, une jeune fille pâle, aux yeux hagards. La victime était d'une petite taille, à la tête penchée, au sourire grimaçant; ses épaules étaient couvertes de longs cheveux, ses pieds étaient enveloppés de linges sanglants, elle tenait ses deux mains jointes; une force surnaturelle s'empara de ses sens quand elle aperçut la croix et les clous. A cette vue, elle se leva par un mouvement convulsif, elle marcha seule; elle grandit de deux coudées; elle arracha elle-même ses linges sanglants : ses pieds saignaient encore du supplice de la veille; elle se coucha sur la croix, levant la tête, croisant ses pieds l'un sur l'autre, étendant les deux bras, ouvrant ses deux mains, deux mains de plâtre! Dans cette posture, elle attendait, la pauvre fille; elle se tenait patiente, résignée et enthousiaste, comme si elle devait, elle aussi, sauver un monde : plus malheureuse sur cette croix obscure que le Christ lui-même au sommet du Golgotha, en présence des royaumes de la terre que lui montra Satan, voyant à ses pieds la Madeleine pénitente et pensant déjà au troisième jour!

Je m'assurai d'un coup d'œil rapide que ma mère avait toujours la tête penchée; aussitôt après je reportai mes regards vers cette étrange scène, dont la réalité me paraissait douteuse malgré mes yeux. Hélène s'était levée de son banc, et, le cou tendu, elle se tenait debout pour mieux voir.

Horrible nuit! La croix, le prêtre, la victime étendue, les assistants immobiles, nous dans la rue, ma mère endormie de fatigue, et là-bas, l'espion immobile qui nous regarde, éclairés par le reflet de la faible lumière, et qui se dit à lui-même : « Ils ne m'échapperont pas, ils sont là! »

La victime était prête. Le vieux prêtre s'approcha d'elle; il baisa ses pieds et ses mains avec le respect du moribond qui baise les sept plaies du Christ. Alors l'enfant lui présenta un marteau de fer sur un plat d'argent. Le marteau enfonça un grand clou sur les pieds, et entre les mains de la victime. Le clou sépara les chairs, écarta les tendons, pénétra entre les os, le sang coula sur le sein de la crucifiée, martyre élevée sur la croix, l'œil gonflé, les joues pendantes, le sein qui bat, le cou qui s'enfle parsemé de veines bleues, la tête qui penche comme la tête du Christ : seulement elle ne poussa pas le grand cri que vous savez!

Hélas! nous assistions sans nous en douter au dernier effort du dix-huitième siècle pour croire encore à cette religion chrétienne qui avait fait toutes les destinées de la France. Ces hommes et

ces femmes, ces malheureux fanatiques qui viennent dans la nuit parodier la Passion de Jésus-
Christ, c'étaient pourtant les seuls chrétiens que la
France eût gardés, c'étaient les seuls croyants que
le scepticisme eût épargnés sur son passage.
Étranges chrétiens, en effet, qui démontrent la
divinité de leur Dieu par le cadavre d'une femme
attachée dix minues à une croix! Étrange foi qui
se rattache à ces preuves toutes matérielles! Digne
résultat de tant de sophismes! Voilà une femme
appelée en témoignage de la divinité d'un Dieu.
Que si cette femme eût faibli, si seulement elle
eût appelé à son secours le vinaigre et le fiel, c'é-
tait fait de l'Évangile dans le cœur des assistants!

Il y eut un moment de cette affreuse scène où
ma jeune compagne poussa un cri d'effroi.

Ce cri réveilla ma mère. A son premier regard,
ma mère découvrit cette croix noire fixée contre le
mur blanchi, et sur cette croix ce cadavre, et au
bas de ce cadavre le cierge qui vacillait dans la
main de l'enfant de chœur.

Ma mère se mit à fuir comme si elle eût vu
l'enfer ouvert.

Elle serait tombée dans la rue avant que j'eusse
pu la rejoindre, elle se serait brisé le crâne contre
le pavé; mais, l'espion se détachant de la muraille,
elle tomba évanouie dans les bras de l'espion.

« O ma mère! » m'écriai-e, sentant que ses mains étaient froides; puis, me retournamt vers son étrange sauveur, je recoinus M. de Castel-naux!

CHAPITRE LXIII.

DÉSESPOIR.

> N'est-il plus rien à quoi nous puis-
> sions renoncer? Nous avons renoncé
> l'église, le roi, la couronne et la loi.
> Personne ne voit-il plus rien? Cher-
> chez encore, j'aime à renoncer.
>
> LE COMTE DE MONTGOMMERY.

IL tenait dans ses bras ma mère évanouie; il me reconnut d'un regard, et,
sans mot dire, il marcha devant nous
portant ma mère. Nous le suivions, Hélène et
moi, sans songer à lui adresser une question.

Nous arrivâmes ainsi à une maison peu éloi-
gnée, dont la porte basse était entr'ouverte. Castelnaux entra le premier dans cette maison. Tout
était sombre; un tapis moelleux était étendu sur
l'escalier; d'invisibles parfums, à peine entré dans
ce lieu, vous saisissaient à la tête et au cœur; d'in-

visibles échos répétaient vos pas dans un vide
invisible ; des ombres erraient sur les murs comme
dans un miroir ; les plafonds étaient chargés de
figures mystérieuses qui dans la nuit étaient gi-
gantesques ; l'appartement était vaste et à peine
éclairé de ce pâle crépuscule du matin qui n'est
plus la nuit, qui n'est pas encore le jour ; c'étaient
partout dans ce lieu des lustres éteints, des mi-
roirs voilés de gaze, des siéges de soie, des pein-
tures bizarres. Castelnaux déposa ma mère contre
un meuble inconnu, qui répétait les paroles et
jusqu'aux soupirs de ma mère : c'était dans ce
lieu une horrible et mystérieuse confusion.

Nous étions seuls. Castelnaux appela du secours,
l'instrument d'airain lui répondit par un sourd
gémissement ; personne ne vint, pas une lumière
ne brilla, pas une porte ne s'ouvrit, pas une voix
ne se fit entendre. Cependant ma mère reprenait
ses sens peu à peu : je sentis le sang revenir à sa
joue et le battement à son cœur.

« Personne ici ! dit Castelnaux, personne pour
porter secours à une femme évanouie, dans cette
maison qui guérissait tous les maux ! Où est-il donc
allé le grand médecin ? Qu'est-il devenu l'infaillible
guérisseur ? Autrefois cette salle était pleine de
malades de tout rang et de tout sexe ; autrefois la
santé planait au sommet de ce plafond si terne et

si morne ; hier encore cette grande cuve d'airain
avait des consolations pour toutes les douleurs,
des parfums pour tous les maux de l'âme, un feu
caché pour tous les maux du corps. » Puis, voyant
ma mère revenir à elle, il prenait ses deux mains
et, les plaçant sur les bords de la cuve : « Ne
sentez-vous pas, Madame, une force nouvelle ?
Votre âme n'est-elle pas remise de toutes ses
secousses ? Penchez-vous, disait-il, penchez-vous
sur cet abîme ; moi qui vous parle, je suis entré
malade ici, j'en suis sorti guéri ! »

Le remède de Castelnaux me fit peur. « De
grâce, Castelnaux, un verre d'eau pour ma mère,
un peu d'air, je la sens qui revient à elle ; si vous
voulez nous aider, nous pourrons partir, il est
temps de partir : le jour vient, dans une heure
nous sommes perdus ! »

Il sortit. J'entendis ma mère qui m'appelait. Je
me penchai vers elle. — « Où sommes-nous, me
dit-elle d'une voix faible, et pourquoi ne fait-il
pas jour ? — Nous sommes dans la maison d'un
médecin, ma mère, et le jour va bientôt venir ! »

La cuve d'airain répétait chacune de mes paroles : ma mère se retourna à ce bruit, et, fatigués
que nous étions tous les trois, nous nous trouvâmes
alors, sans nous en douter, autour du baquet de
Mesmer, attendant le retour de Castelnaux.

Debout, machinalement appuyés sur les bords
de la cuve, nos idées n'allèrent pas plus loin que
l'heure présente. La fatigue, la terreur, la nuit,
nous retenaient à cette place, autour de cette cuve
d'airain qui reluisait comme de l'or. Peu à peu je
me laissai aller malgré moi aux visions qui volti-
geaient informes et sans bruit entre ces mille branches d'airain croisées les unes sur les autres ; sur
les bords de ce gouffre ciselé, au fond du gouffre,
au-dessus du gouffre, assemblage inouï d'ombres
légères, de bruits étranges, écho mouvant qui eût
répété les battements du cœur. L'âme, tout entière,
séduite et saisie par ces harmonies invisibles, se
plongeait dans cette vague obscurité. Bientôt je
cherchai à y découvrir Hélène. Hélène ne parlait
pas, mais je sentais qu'elle était comme moi fas-
cinée, que son regard plongeait où plongeait mon
regard, que son âme cherchait mon âme ; qu'à
cette heure et dans cette muette contemplation il
se formait entre elle et moi une union inexplicable, mais certaine. Oh ! si Mesmer eût été là
donnant la chaleur à l'airain, faisant jaillir la
flamme électrique de ce fer à présent si froid ; si
la foule eût encore entouré le baquet magique de
ses mille regards, de ses mille espérances, de ses
mille terreurs ; si, à chaque nouveau venu, il nous
eût été donné de comprendre qu'un nouveau ma-

lade arrivait pour partager avec nous son malaise;
si l'imagination, vague désir, et la peur, sa plus
puissante compagne, eussent présidé à ces enchan-
tements; si j'avais ignoré qu'Élisa était près de
moi dans l'ombre, et qu'au milieu de la foule
muette, au milieu de ses soupirs qui s'élèvent et
qui s'abaissent en cadence, au milieu de ce monde
confus, pêle-mêle, malade, blasé, crédule, j'eusse
pu deviner à son soupir, à son regard, aux parfums de sa robe, la femme que je cherchais depuis
si longtemps; si, à coup sûr, guidé par le sixième
sens, j'eusse pu tendre la main, la saisir dans
l'ombre, ne pas la voir et la reconnaître, et réclamer tous mes droits acquis dans le bal, et lui dire
d'une voix émue : *Élisa!* et l'embrasser, et puis
la perdre dans la foule et ne plus la reconnaître,
et sortir de là guéri, moi aussi! O Mesmer! grand
homme! j'aurais reconnu ton pouvoir, j'aurais pro-
clamé ta science, je t'aurais appelé mon sauveur.

Explique qui pourra ces influences. Ce qui est
vrai, c'est que malgré moi je fus soumis à une
étrange fascination. Le regard tendu, l'âme tendue,
je cherchais au fond du baquet quelques restes de
magnétisme à mon image! Je voulais retenir à
mon profit quelques-uns de ces agaçants plaisirs
qui en ce lieu donnaient aux corps tant de secousses. Je cherchais dans cette solitude une partie

du drame qui s'y était joué. A force d'attention, je tombai dans une rêverie étrange, le songe magnétique s'empara de mon âme : j'allai de la terre au ciel, du rire aux larmes, de l'espérance à la terreur; j'entendis des voix célestes et des hurlements d'enfer ; dans le fond de la cuve, mon rêve s'agitait, se nouait et se démenait comme ferait un ballet de l'Opéra joué en grand costume et sérieusement dans la nuit profonde, et quand le lustre de la salle est éteint.

Je me passionnai tellement pour ma vision que, lorsque le jour entra dans la maison, mes deux mains serraient avec une fureur toujours croissante, ce baquet magique dans la nuit : ce n'était plus qu'un vil chaudron au grand jour !

Ah ! ce siècle était un siècle de paradoxe comme jamais le monde n'en avait vu. Ce siècle faisait du sophisme à propos de tout : sophiste à propos des maladies de l'âme, il crucifie une femme pour démontrer un Dieu ! sophiste à propos des maladies du corps, il invente un sixième sens pour n'avoir plus à s'occuper des cinq autres. Triste condition de la religion et de la science dans cette France ! D'abord sujets féconds en moqueries indestructibles, puis enfin parodiées l'une et l'autre jusqu'au crime, jusqu'à ce qu'enfin il n'en reste plus rien, pas même le nom !

CHAPITRE LXIV.

VISIONS.

> O malheur! ô jour trois fois mal-
> heureux! jour le plus lamentable que
> j'aie jamais vu! ô jour, jour haïssable!
> Vit-on jamais un jour plus affreux que
> celui-ci? O jour malheureux! malheu-
> reux jour!
>
> SHAKESPEARE.

L E retour de Castelnaux me rendit à moi-même; ma mère à présent se trouvait mieux. Notre voiture, grâce à Castelnaux, était à la porte. « Partez, nous dit-il, à présent, partez, il est temps; à présent, s'il y a un Dieu dans le ciel, la reine n'est plus sous le ciel de France, la révolution a perdu sa proie, la prison a laissé échapper sa prisonnière, le faubourg Saint-Antoine n'aura plus de lit royal à fouiller avec ses baïonnettes, plus de têtes royales à désho-

norer de son bonnet rouge; les femmes des faubourgs ne pourront plus souiller les chastes
oreilles des enfants de Marie-Antoinette avec leurs
propos de mauvais lieux et leurs blasphèmes de
carrefour; à présent la royauté est sauvée, partez,
partez, vous ne courez plus le danger de mettre
l'ennemi sur ses traces; partez, partez, Frédéric;
partez, je vous suis, le peuple va se réveiller dans
une heure: Castelnaux veut assister à son réveil.»

« Oui, Castelnaux sera à ton réveil, peuple!
De ce pas je vais m'asseoir aux Tuileries, à l'angle
du pont, vis-à-vis la fenêtre de la reine. Fermée
encore, fermée, gardée, surveillée. Fais bonne
garde, sentinelle! et le peuple est sous cette fenêtre, haletant : il calomnie si matin, le peuple!
L'entendez-vous! il crie, il vocifère, il maudit la
reine. « A bas la reine! à bas la reine! » c'est
bien, bien cela. Crie, peuple, crie! la fenêtre reste
toujours fermée. « A bas la reine! mort à la
reine! » Et voyant que la reine ne vient pas,
pauvre femme, le saluer humblement, lui le souverain en guenilles; ne voyant pas la reine, son
dauphin dans les bras, lui rendre son sourire
pour un blasphème, le peuple se dit à lui-même,
car le peuple sait qu'elle ne dort pas : « Elle prie
ce matin le bon Dieu bien longtemps! » Et à cette
idée qu'elle prie Dieu, qu'elle est à genoux, en

prières pour son époux, pour ses enfants, pour la
France, voilà le grand blasphémateur qui redouble
de rage : « La reine ! la reine ! la reine ! » car la
reine, c'est le fragile jouet du peuple ; chaque
jour le peuple se donne rendez-vous autour de sa
tête ; le peuple la fait rire et la fait pleurer à volonté ; le peuple la menace, la pousse, l'empri-
sonne, la chasse devant lui ; le peuple se la ren-
voie comme un jouet ; le peuple la mord jusqu'au
sang, en attendant qu'il la tue ; le peuple n'est-il
pas entré chez elle une nuit comme un époux jaloux après un long pèlerinage, brisant les portes et
se précipitant au lit nuptial ? Va, va, demande la
reine aujourd'hui ; va le chercher, ton jouet : « La
reine ! la reine ! » Plus de reine, plus de jouet,
plus de femme, plus de mère, plus d'épouse, plus
de prisonnière, plus de victime, plus d'injures ; le
peuple n'a plus que le Ciel à blasphémer ! »

Puis Castelnaux se frottait les mains ; il bon-
dissait autour du salon, il crachait dans le baquet
de Mesmer, il était triomphant, il était fou comme
jamais je ne l'avais vu fou.

« Dans une heure ou deux, disait-il, on frappe
au palais, on frappe à la porte du roi. On entre
chez le roi... Personne ! On se trouble, on court,
on cherche, on appelle... Personne ! Croyez-vous
qu'il y ait de la pâleur à cette heure dans l'his-

toire de France, quand on dira à la France ce
mot fatal : « Plus de roi ! » Il y aura un jour dans
la création où une voix venue de l'occident dira
aussi à la terre : « Plus de soleil ! » Ce sera beau
à entendre, n'est-ce pas ? Eh bien ! ce mot : « Plus
de roi ! » plus de roi à immoler ! plus de reine à
charger d'outrages ! plus de royauté ! plus rien
dans ce royaume ! ce mot : « Plus de roi ! » Castelnaux veut l'entendre pour se venger ; cette
pâleur du peuple, Castelnaux veut la voir pour
se venger ; ces palais déserts, ces temples déserts
parce que les palais sont déserts, Castelnaux
veut les parcourir pour savoir ce que c'est qu'un
trône vide et un sanctuaire vide, pour savoir ce
que c'est que l'écho de pareilles solitudes, et si
cela fait peur aux nations quand le trône sonne
creux comme l'autel, privés de leur roi et de leur
Dieu ! Victoire à Castelnaux ! cette nuit est à Castelnaux ! C'est une nuit de triomphe à moi ! Moi,
je suis l'Achille de cette nuit troyenne ! moi,
j'ouvre la muraille de la ville assiégée ! Ne voyez-
vous pas entrer de toutes parts et par la brèche la
mort, la peur, la famine, la vengeance du Ciel et
des hommes, les meurtres sans fin, le pillage, les
réactions sanguinaires, les longues vengeances,
l'anarchie, la guerre civile ? Entrez, tout cela, entrez : le roi et la reine sont sortis ; entrez, tout

cela : c'est Castelnaux qui vous ouvre la porte ;
entrez, dissensions intestines, bavardages sans
fin ; entrez, brigands armés ; entrez, populace ;
entrez, femmes sans honte et sans robe nuptiale ;
entrez, faubourgs ; entrez, gorgez-vous d'or et de
sang, pillez les églises, chassez les saintes filles
des saints monastères, ruez-vous dans le désordre,
brisez les statues des parcs, démolissez les maisons
royales pour en vendre le plomb et la pierre ;
saccagez, brûlez, dévorez tout sur votre passage :
la France est à vous, à vous seuls ; elle n'est plus
ni à Dieu ni au roi, elle est à vous ! Venez, venez
tous : c'est Castelnaux qui vous ouvre la porte,
c'est Castelnaux qui vous appelle ; entrez, et si, en
passant, vous avez un chapeau ou un bonnet, tirez
votre chapeau ou votre bonnet devant Castelnaux. »

Et nous le vîmes ainsi bondir tout un quart
d'heure, et jamais cette maison de Mesmer, si
calme, n'avait entendu un si grand bruit : la cuve
retentissait comme un tonnerre, et l'écho troublé
balbutiait à peine ces paroles pressées et haletantes ; et ma mère regardait tout cela sans y
rien comprendre ; Hélène se pressait à mes côtés,
effrayée et muette. Castelnaux brisait tout ce qui
tombait sous sa main. « O la belle nuit ! disait-il ;
la belle nuit ! Paris a perdu un roi, il a crucifié un
Dieu, il a chassé Mesmer. Royauté, religion, char-

latanisme, tout cela est parti, tout cela a quitté Paris cette nuit; il n'y a plus rien à Paris. Paris n'est plus! »

Puis, reprenant tout son sang-froid, il descendit l'escalier devant nous, il nous reconduisit jusqu'à la porte. A la porte je retrouvai ma chaise de poste, qu'avait été chercher Castelnaux. Quand la voiture s'ébranla pour partir, l'attendrissement fit place à la colère. Castelnaux pensa tout à coup à la reine fugitive, à ses dangers, et il leva vers le ciel des yeux remplis de larmes. On eût dit que Mesmer lui avait révélé l'avenir.

CHAPITRE LXV.

EXPLICATIONS.

> Le hibou aime l'astre de la nuit,
> l'alouette salue le point du jour, la
> timide colombe roucoule sur la
> main.
>
> *(Duo.)*

C'EST ainsi que je le quittai, ce Paris que je ne devais plus revoir. Je le laissai vide : il était si rempli quand j'y entrai! Quand j'y entrai, j'étais si enthousiaste et si jeune! Mais la vieillesse m'avait saisi au milieu de toutes ces ruines; je laissais dans ces ruines toutes mes illusions décevantes. A présent, je ne pensais plus qu'à suivre les traces de cette royauté fugitive, si belle encore et en apparence si puissante quand je vins à Paris.

Triste retour! tristes chemins battus par des

rois tremblants ! Ma mère était retombée dans son
néant; ma cousine Hélène, abattue et pensive,
semblait dévorer l'espace qui s'étendait devant
nous; je la regardais s'abandonnant à moi, pauvre
femme! oubliant ses dangers à force de terreur.

Qui l'eût vue ainsi penchée sur moi, et nous
deux au matin courant la grande route, jeunes et
pleins de vie, nous eût pris pour deux amants
heureux qui se sont rencontrés dans l'ombre et
qui s'enfuient bien loin de leur vieux tuteur.

Qui m'eût vu la regardant d'un air ému, à
coup sûr eût pensé assister à l'un de ces drames de
la jeunesse d'autrefois, quand l'amour jouait un
si grand rôle dans le royaume, troublant les palais, habitant les chaumières, animant le grand
chemin, jetant partout le drame et la passion dans
ce beau pays de France, sous ces épais ombrages,
dans ces vieux châteaux aux gothiques souvenirs.
En ce temps-là la France était toute à l'amour.

Je dis à Hélène : « Voulez-vous, Hélène, dans
le péril qui nous menace, unir votre destinée à la
mienne, et ne plus nous quitter jamais? voulez-
vous que je réveille ma mère, ma cousine, et que
je lui demande sa bénédiction pour nous deux? »
A cette brusque demande, Hélène ne parut pas
étonnée, et, comme je lui avais parlé simplement,
elle me répondit simplement :

« Écoutez, Frédéric, me dit-elle, nous n'avons
pas de temps à perdre en vaines espérances ; il ne
faut pas espérer que nos destinées soient unies :
notre séparation est proche, je le sens ; deux de-
voirs différents nous appellent. J'appartiens à
la reine, moi ; vous, vous appartenez à votre mère.
Nous irons vous et moi où elles iront, chacun de
son côté ; nous ferons notre devoir, tout sérieux
qu'il puisse être : car le temps est venu de faire
son devoir, car à présent notre rôle a changé ; à
présent nous allons expier les fautes de notre jeunesse à force de dévouement au malheur ; à présent nous allons partager les malheurs de la
royauté comme nous avons partagé ses plaisirs et
ses folies. O Frédéric ! vous ne savez pas toutes
les fautes que nous avions à expier, toutes les
erreurs dont la peine nous attend ! Si vous saviez
cela, mon cousin, et combien nous avons été tous
coupables, vous plaindriez ce peuple qui gronde
derrière nous, vous trouveriez qu'il y a justice
dans ses vengeances, vous comprendriez ces cris
furibonds de liberté ! Pour moi, je ne m'aveugle
pas sur cette révolution. Cette révolution, c'est
notre mort à tous. Mais vous ne comprenez pas
cela, mon cousin ; vous ne comprenez rien à ce
qui se passe, vous ; vous n'avez vu de la cour que
la surface ; vous n'avez vu du peuple que la lie.

Vous êtes venu en France au moment où nous renfermions nos vices en nous-mêmes, surpris par le grand jour; au moment où le peuple jetait sa première bave, exaspéré par un siècle d'attente. Notre malheur vous a trompé sur notre compte. Vous êtes arrivé innocent au milieu de notre corruption et de nos vices, et, à présent que nous portons la peine de ces vices, vous vous jetez au milieu de nous, vous voulez partager notre infortune, et vous me dites à moi : « Je suis à vous, Hélène! » Enfant que vous êtes ! imprudent ! Ne voyez-vous pas que cette infortune est infamante? ne voyez-vous pas que vous n'avez aucun droit, vous si jeune et si Allemand, à venir porter la peine de tous les crimes de Louis XV? » Disant ces mots, Hélène appuya sa main droite sur ma tête comme un témoignage d'une ineffable protection.

Je lui répondis avec toute l'assurance dont j'étais capable; je me montrai bien décidé à ne plus la quitter, à la suivre, à l'aimer malgré elle. « Non, lui dis-je, il n'en sera pas cette fois comme de la première passion d'amour; non, Hélène, je n'ai pas peur de vous; je ne crains pas vos dédains, ma cousine; vous m'aimerez, vous m'aimez; je vous aime, moi, j'en suis sûr; je n'aime que vous, je ne suis heureux que près de vous.

Vous parlez de mon innocence, ma cousine ; mais
savez-vous ce que je souffre ? savez-vous ce qu'elle
m'a fait souffrir ? savez-vous que cette fatale ignorance des hommes et des passions de votre époque
m'a rendu, depuis trois ans, le plus malheureux
des mortels ? Oh ! innocent, en effet, et ignorant des
choses de ce monde, et plus à plaindre que si
j'avais été coupable, Hélène ! le savez-vous ? savez-
vous ma vie, toute ma vie ?... Un matin, capricieux
jeune homme, je quitte l'Allemagne exprès pour
vous voir, ma cousine ; tout exprès pour vous voir,
je vous le jure. Je pars pour la France, que vous
habitez ; je pense à vous, si blanche, si jolie, si
douce, à vous qui m'appeliez : « Mon cousin ! » Je
me rappelle votre sourire, votre geste, votre robe,
vos exclamations si vives, vos caresses pour moi,
que vous appeliez enfant ! Rêvant à vous, je me
brise sur la route. Tout brisé, je trouve une Française sur mon chemin, une petite fille agaçante et
rieuse, et pour la petite fille j'oublie la grande
dame, je vous oublie. Je m'en vais sur le chemin
aux genoux de la jeune Française, et, à ses genoux,
je la prie de se laisser faire comtesse de l'empire.
La jeune Française me rit au nez, et elle épouse
mon valet de chambre. Désolé, je viens en
France, je vais à la cour de France ; je vous
vois la nuit, près de la reine, sous un voile

noir; on vous eût dit morte, et chez la reine vous
me recevez avec une froide réserve; vous n'avez
pour moi pas un mot, pas un regard. Je sors du
palais : je rencontre partout des hommes plus
puissants que le roi, des libertins qui règnent au
nom de la vertu, des charlatans qui proclament
la vérité. Le vice est partout en France, l'égoïsme
s'est emparé de toutes les âmes, la peur règne en
souveraine : vous tremblez tous. Moi, je fais un
effort pour être vicieux, à votre exemple. Je comprends confusément que pour comprendre cette
époque le vice me manque. Je me fais vicieux, je
prends Mirabeau pour maître. Je choisissais bien,
ma cousine, vous l'avouerez. A mon premier pas,
à mon premier appel, le vice vient à moi; il
vient à moi modeste, gazé, spirituel, ton flatteur,
agaçante moquerie, un vice tout français; il se
livre à moi, je me livre à lui, je me crois Français. Erreur! A peine sorti du bal, je m'aperçois
que je suis resté le même, malgré le vice; le vice
lui-même, vaincu, a reculé devant ma mauvaise
nature; le vice chez moi s'est fait amour. Malheureux que je suis! je me mets à regretter cette folle
nuit; cette nuit qui devait me dégager des illusions de ma jeunesse, elle les renouvelle, elle les
prolonge, elle les ravive; toutes mes illusions
me reviennent, tout mon amour, toutes mes lar-

mes; votre vie active me fait plus horreur que jamais; je n'entends plus rien, je ne vois plus rien,
je cours après une ombre. Je pouvais être un
homme : je ne suis qu'un enfant futile; j'aurais
pu devenir Français actif, occupé et utile : je reste
un Allemand, rien qu'un Allemand, un inutile et insipide Allemand, un Allemand sans
vice. Désespoir! voyant que cette fois encore
j'avais manqué mon but, je retourne chez mon
maître; je vais dire à Mirabeau : « Tu m'as
trompé! » et c'est à peine s'il se souvient des leçons qu'il m'a données. Le Mirabeau que j'avais
vu au bal délirant parmi les femmes, je le retrouve
le lendemain grave et solennel, homme d'État,
grand homme. La veille il m'avait mené au vice,
comme un mousquetaire noir y mènerait son ca-
marade; aujourd'hui il me fait monter à cheval,
et, dans la nuit, enveloppé d'un manteau, seul
avec lui, faisant le métier d'écuyer, il me conduit
à une conférence politique. Je le vois là-bas, ré-
glant les destinées du royaume, et sans vous, que
j'ai retrouvée, je jouais cette nuit-là le rôle le
plus pitoyable qui se puisse imaginer. Vous comprenez mon désespoir, Hélène; tout me manquait
au même instant : la passion et le vice, la rêverie
et la vie active, vous et Mirabeau. Je n'avais plus
qu'un espoir : j'espérais en Barnave. Je l'avais

laissé amoureux d'un amour sans espoir; j'étais
possédé, moi aussi, d'un amour sans espoir. Je vais
voir Barnave. Barnave était changé comme Mirabeau. Plus d'amour dans le cœur de Barnave,
plus de vice dans la tête de Mirabeau : ils m'é-
chappent tous les deux, après avoir commencé
mon éducation tous les deux. Barnave me laissa
à mon amour, Mirabeau à mon vice. Barnave,
si austère, redouble de gravité ; il marche en avant,
il pousse la monarchie d'un bras plus ferme, il
triomphe enfin dans cette grande lutte entreprise
contre Mirabeau. La république dresse la tête à la
voix de Barnave; la monarchie expire sur le lit de
Mirabeau. Moi, je reste seul, seul et cherchant dans
mon âme à quoi m'a servi mon dévouement à
Mirabeau et à Barnave, à quoi m'ont servi ma
science et mon amour; seul et malheureux de
mes incertitudes, seul avec vous, Hélène, dont le
regard me ranime, dont la voix me console; vous
qui me faites oublier à la fois tout ce que je voudrais oublier, mon isolement, mes vices inutiles,
mon peu d'intelligence des faits et des hommes,
mes regrets du passé, mon désespoir pour l'avenir! »

A ce long discours, Hélène me regarda avec
plus de pitié. « Votre malheur est étrange! me dit-
elle. A vous entendre, le vice seul vous a manqué

pour être heureux. Voilà de ces malheurs qui ne sont arrivés qu'à vous, soyez-en sûr. Je vous porte envie, Frédéric, à vous qui pouvez être malheureux de si peu ! Cependant prenez courage, mon cousin... S'il ne s'agit que de vous retrouver encore en présence du vice qui vous a manqué, s'il ne s'agit que de le voir de près et à visage découvert pour vous consoler de votre perte, le voyant si laid, vous n'êtes pas hors de France : vous trouverez de quoi vous satisfaire avant peu, car le vice est partout aujourd'hui. »

Disant ces mots, Hélène se prit à rougir ; et moi, éperdu, penché sur elle, la suppliant du regard, j'essayai de donner le change à ma passion : « Non, Hélène, non ; à présent je n'ai plus de passion que pour vous, plus d'amour que pour vous. La femme que j'ai cherchée si longtemps, elle serait devant moi, ma cousine, que je ne voudrais pas la voir ; je suis à vous, tout à vous, à vous seule, à la reine aussi, puisque vous êtes à la reine. Pour vous j'ai entrepris mon voyage en France ; je veux le finir avec vous ! » Et ainsi je lui parlai longtemps à elle. Elle m'écoutait tantôt avec peine, quelquefois avec bonheur, souvent émue ; et moi, misérable ! si j'eus un instant de calme, oh ! je le dis à ma honte, ce fut dans cette fuite où je foulais des traces royales, sur ces che-

mins témoins de tant de désolations, dans ce jour
d'effroi où la monarchie de Louis XIV, s'avouant
vaincue, rentra esclave et désolée dans cette capitale, pleine encore de sa toute-puissance et de son
bonheur.

CHAPITRE LXVI.

HALTE.

> Gilpain partit au grand galop.
> Adieu son chapeau et sa perruque!
> Il ne se doutait guère en partant
> qu'il courrait si grand train.
>
> GOZLAN.

Nous avions couru tout le jour : sur notre passage tout était tranquille; le soir tombait, et la Champagne s'étendait devant nous. La chaleur du jour avait été suffocante, et la fatigue, jointe aux inquiétudes de la nuit, nous avait plongés dans cette espèce d'abattement voisin du sommeil qui n'est pas sans charme : c'est un sommeil de seconde vue, transparent et plein de visions surnaturelles. A ce moment, l'imagination trop éveillée s'affaisse par degrés, le cœur bat moins vite, le malheur s'en va;

déjà même nous pensions voir la reine sauvée, la
reine au delà du Rhin, quand notre voiture s'arrêta tout à coup au relais pour changer de chevaux.

C'était à un petit village entre Épernay et Dormans. Comme nous étions sans inquiétude, nous
fîmes d'abord fort peu d'attention à ce qui se passait autour de nous. La population du village
s'assemblait avec un peu plus de cette curiosité
ordinaire qu'elle accorde aux chaises de poste qui
passent.

Les orateurs de l'endroit (car alors quel endroit
n'avait pas son orateur?), montés sur les bornes de
l'hôtellerie, déclamaient en plein vent... Bientôt,
à ne plus en douter, nous remarquâmes des signes
de défiance; le maître de poste hésitait à nous
donner des chevaux. A la fin, on nous annonça
qu'il était impossible de nous laisser continuer
notre route sans des ordres exprès. A ces mots, je
me réveillai tout à fait, et je compris confusément
que le roi était perdu.

Comment je le compris, je l'ignore; mais dans
les malheurs extraordinaires de l'histoire la ca-
tastrophe se devine avec la rapidité de l'éclair. A
la plus légère secousse, vous sentez qu'il y a un
tremblement de terre quelque part; au premier
filet de fumée, vous comprenez qu'un volcan s'est

ouvert. C'est ainsi qu'il y a des gens qui ont pré-
dit à cent lieues de Paris la Saint-Barthélemy et
l'assassinat de Henri IV vingt-quatre heures avant
que personne eût rien pu savoir de ce qui se passait à Paris.

Je dis à ma mère : « Vous reposerez ici cette
nuit, ma mère. Vous n'avez pas dormi la nuit
passée, la journée a été pénible; il faut dormir
dans cette hôtellerie, s'il vous plaît. Nous partirons
de très-bonne heure demain matin. »

C'est ainsi que je cherchais à rassurer ma mère
sur l'interruption de notre route. Soins inutiles !
ma mère ne m'entendait pas. L'intelligence avait
manqué à cette pauvre femme. Ne comprenant
plus rien à ce qui se passait devant elle, et ne
voulant pas ajouter foi au rêve funeste qui l'agitait, ma mère s'était abandonnée au mouvement
de sa voiture; elle ne voyait, elle n'entendait plus
rien; elle était aveugle, elle était sourde, elle était
muette; elle n'avait plus ni crainte, ni espoir, ni
joie, ni tristesse, ni larmes, ni sourire; elle ne
voulait plus rien, elle obéissait. Pauvre mère!

Hélène, au contraire, alerte comme une jeune
femme; Hélène, pleine de patience et de cœur,
véritable victime pour l'exil ou l'échafaud, hostie
expiatoire du vieux temps, me comprit à mon
premier regard. Comme moi, elle vit tout d'un

coup que quelque chose s'était dérangé à cette fuite
royale et que tout était perdu.

Elles descendirent en silence dans l'hôtellerie.
Hélène entraîna ma mère dans une chambre re-
tirée ; elles restèrent dans cette chambre toutes les
deux, ma mère à demi endormie et priant, Hélène résignée et attendant le jour.

Ces deux femmes, à mon sens, représentaient
fort bien toute cette époque, livrée à tant de malheurs : d'une part, c'est une vieillesse ruinée,
aveugle, éperdue, qui tombe au premier souffle,
courbant la tête et s'étonnant à peine des bruits
inaccoutumés qui frappent ses oreilles, cherchant
en vain le prêtre au chevet de son lit, et le fils
aîné qui pleure et les vassaux qui s'agenouillent,
tristes moribonds qui meurent isolés, qui sentent
bien qu'il leur manque quelque chose, mais qui
le sentent confusément ; peu à plaindre cependant,
car la vieillesse les délivre de toutes les terreurs,
et la mort de tous les dangers.

Mais, d'autre part, et quand les vieillards expi-
rent, les jeunes, voyant le volcan débordé, choi-
sissent une place apparente, et ils attendent le
volcan de pied ferme ; ils savent que la fuite est
inutile, qu'on les regarde d'en haut et d'en bas, et
qu'il faut avoir du cœur.

Pour moi, quand ma mère et ma cousine furent

retirées dans leur chambre à coucher, je revins sur
la porte de l'auberge me mêler à cette vie populaire
si active et si exaltée. Ce soir-là vous auriez vainement cherché autour et dans l'intérieur de l'auberge ces scènes de repos et de gaieté qui firent
longtemps le charme des auberges françaises. A
l'intérieur, tout était morne : les fourneaux étaient
éteints, les tables étaient dégarnies, aucune voix
de buveur ne s'élevait dans l'enceinte ; au dehors,
pas de chants, pas de cris, du silence encore, ou
bien, plus effrayants que le silence, de perpétuels
chuchotements, des rires énigmatiques, des regards
pitoyables. Les hommes, grands politiques, dis-
sertaient tout bas, mais avec émotion et chaleur ;
les femmes, animées comme à un conte plein de
terreur, se montraient du doigt la grande route.
Elles avaient vu passer, sur le midi, l'énorme voiture ; elles avaient donné à boire au joli enfant ;
elles avaient vu les pauvres du chemin tendre la
main à la belle dame, qui leur avait fait l'aumône
en souriant ; elles avaient vu tout cela, les femmes,
et elles avaient compris qu'il y avait fuite et douleur, qu'il y avait bienfaisance dans cette voiture ;
elles avaient vu des femmes tremblantes, une
jeune fille timide, un père de famille résigné, un
jeune enfant insouciant et joueur qui salue le
chemin, qui salue les hommes, qui tend sa joue

aux bonnes femmes, les mains aux arbres, aux
fleurs, son regard bleu au ciel bleu; elles avaient
vu tout cela, les femmes; elles avaient compris
toutes ces misères, tous ces malheurs; elles avaient
compris tout cela, les femmes, et, les larmes aux
yeux et au cœur, elles avaient prié pour cette fuite,
elles avaient embrassé leurs enfants avec plus d'a-
mour, elles avaient retourné la tête pour regarder
leur pauvre chaumière et le mur tapissé de lierre,
la vigne grimpante jusqu'au toit, le pigeon fami-
lier qui s'abat sur les tuiles comme un génie domestique le soir, toute leur pauvreté si chère,
tout leur travail si précieux, toute leur paix domestique. Tout cela, elles l'avaient regardé avec
plus d'amour, sachant le Louvre vide, Versailles
abandonné, Trianon fermé, Saint-Cloud garni de
canons; sachant l'air, la campagne, l'ombrage des
forêts, la clarté du ciel, les eaux limpides, les fleurs,
la vie et la liberté, qui manquaient à la fois au
roi, à la reine, à sa sœur, à leur fille, à leur fils!

A cette époque, la France était plongée dans les
indicibles angoisses d'une nation sans présent,
qui a renoncé au passé et qui doute de l'avenir.
C'est une singulière épouvante pour des peuples
que d'attendre quelque chose qui ne vient pas,
fût-ce la peste ou l'anarchie! Quand le silence et
la peur se sont emparés d'une nation, quand cette

nation est sur sa porte, oisive, malheureuse, craintive, voyant passer à chaque instant des bourreaux
et des victimes, s'endurcissant le cœur à l'aspect
des crimes et du sang, il arrive alors qu'elle se
sépare en deux fractions bien distinctes : les faibles qui agissent, et les forts qui souffrent; les
faibles qui lèvent leurs chemises jusqu'au coude
pour mettre la main au sang, et les forts qui ten-
dent la tête; les faibles qui insultent la royauté
qui passe, qui la couvrent d'ordures et d'injures,
et les forts qui la suivent l'arme au bras; les forts
qui pleurent sur sa destinée, qui l'accompagnent
jusqu'à l'échafaud et qui meurent sur sa tombe
vide, voyant au loin ses ossements dispersés.

Ah! s'il y a de la gloire pour ceux qui pleurent, pour ceux qui souffrent, pour les héros dans
la foule qui ont le courage de saluer quand la
royauté passe chargée de fers, pardonnons aux criminels leur faiblesse : la faiblesse portera sa peine
assez vite. Ainsi j'étais, moi, pendant cette soirée
passée à la porte de l'auberge, attendant des nouvelles
que j'aurais pu dire à tout le monde. Je m'éloignai
de la société des politiques; je laissai les hommes
à leur faiblesse, et, content de moi, je fus m'asseoir parmi les rouets et les travaux à l'aiguille de
ces femmes fortes qui n'avaient vu passer ni le roi
ni la reine, qui avaient vu passer une famille

d'exilés, père, mère, enfants, et qui faisaient des
vœux dans leur âme pour que cette famille souveraine eût le bonheur de l'exil.

CHAPITRE LXVII.

IMPRÉCATIONS.

> Bannis donc cette irrésolution qui
> te tourmente. Quand les pensées sont
> un supplice, les premières sont les
> meilleures. C'est une folie de partir,
> mais c'est une mort de rester. Allons
> vite, allons trouver Orra.
>
> CHANSON.

EPENDANT la soirée s'avançait. Tout entier à mes inquiétudes, j'avais fini par
ne plus faire attention à ce qui se passait autour de moi ; d'ailleurs, les habitants du
village, distraits un instant par tant de bruits
étrangers, voyant la nuit descendre, en étaient
revenus à leurs habitudes ordinaires. L'intérieur
de ces maisons s'éclairait peu à peu ; le villageois,
voyant son troupeau rentrer à l'étable, rentrait
aussi à la maison ; le repas du soir arrachait tous

ces hommes à leur politique en plein vent ; l'enthousiasme de la journée s'abaissait peu à peu ; les
femmes, les enfants, le coin du feu, reprenaient
leur influence accoutumée. A cette heure les ja-
cobins les plus forcenés du village n'étaient plus
que d'honnêtes laboureurs en bonnet de coton
blanc et très-fort disposés à l'indulgence pour
tout le monde, même pour les rois malheureux.

Si vous saviez combien c'était un pays calme et
réglé que la France ! Laborieuse patrie d'hommes
simples et bons, chaque heure de la journée, dans
ce vaste royaume, était une heure de travail ; le
royaume s'endormait à la même heure, se réveillait à la même heure, priait à la même heure.
Trente millions d'hommes passaient leur vie à
l'ombre d'un château ou d'une abbaye; la cloche
de leur baptême était aussi la cloche de leurs funérailles. On parle beaucoup de l'esprit de la
France à cette époque : c'est une erreur de l'histoire. Il n'y a jamais eu en France que Paris qui
ait eu de l'esprit français. Pour Paris, l'esprit
était un monopole ; et non-seulement Paris avait
gardé tout l'esprit, mais encore, comme cela était
juste, tous les vices de la France, tout son égoïsme,
tous ses délires, tous ses vertiges. La France ne se
perdit que le jour où Paris eut trop d'esprit. Alors
il jeta son superflu sur les provinces, et, la conta-

gion gagnant les extrémités des provinces, tout fut perdu.

J'étais donc assis à la porte de l'auberge, et je suivais, non sans intérêt, le mouvement de ces populations soumises encore, et malgré elles, à leurs modestes habitudes domestiques; je voyais les groupes se dissoudre, les curieux les plus animés s'éloigner lentement; j'entendais la sonnette et le bêlement des troupeaux, je prêtais l'oreille au bruit de la fontaine jaillissante, dont le murmure étouffé par les clameurs de la foule reprenait toute sa mélancolie. Grâce à la nuit, la campagne redevenait campagne, le village redevenait village, la chaumière redevenait chaumière, l'auberge même reprenait toute son activité; les fourneaux s'allumaient, les chiens hurlaient, les buveurs chantaient; la vie vulgaire, suspendue un instant, s'emparait de plus belle de ce monde villageois. Hélas! ce fut un grand malheur pour le repos de ces campagnes quand on leur fit passer en revue tant de malheurs, tant de crimes, tant de gloire, quand on les rassasia si à l'improviste de pitié, d'héroïsme et d'émotions !

Tout à coup j'entendis dans le lointain les grelots d'un cheval, le bruit du fouet et la voix du postillon qui demandait des chevaux.

Le postillon et le voyageur qu'il escortait s'arrêtèrent devant la porte de l'auberge ; le postillon seul descendit, le voyageur resta en selle, demandant des chevaux.

Le postillon vint lui dire que depuis trois heures la poste ne donnait plus de chevaux à personne, et, en preuve, il me montra du doigt tranquillement assis à la porte et regardant le voyageur d'un air curieux.

Ce voyageur, c'était Castelnaux. A cette nouvelle, il se jeta en bas de son cheval ; il vint à moi, et, se posant devant moi, les bras croisés : « Toujours Allemand, me dit-il, toujours couché ou assis, toujours patient, patient sur des ruines, patient sur un volcan qui brûle ! Mais savez-vous bien, Monsieur, ce que fait Paris à cette heure ? A cette heure, Paris est en route ; Paris s'agite et se démène, insultant le Ciel et les hommes, marchant au pas de charge sur les traces de ses victimes. Vous prendriez Paris pour l'ogre aux enjambées de sept lieues ! Et vous allez l'attendre tranquillement à cette porte ! et vous espérez que la ville aux cent mille têtes va passer devant vous dans l'ordre d'une sainte procession des quatre-temps ! Ah ! si vous l'aviez vu s'éveiller comme moi, ce peuple fou de carnage, si vous aviez entendu ses cris de cannibale, si vous l'aviez vu s'arrachant les cheveux de désespoir, tour à tour muet, hur-

lant, abattu, emporté, frappant ses chefs, aigui-
sant ses piques, tirant ses couteaux, rougissant ses
bonnets, déchirant ses culottes, criant : « Tête et
sang! ruine et feu! » si vous l'aviez vu se frappant lui-même au visage de désespoir, sans doute
vous ne resteriez pas ainsi comme un campagnard
sur sa porte, sans doute vous ne prêteriez pas si
complaisamment l'oreille au bruit lointain du
torrent : car le torrent approche, renversant tout
sur son passage! Oh! vous êtes Allemand! vous
n'êtes qu'un Allemand, sans passion, sans amour,
sans crainte! Vous ne savez pas un mot des des-
tins de la reine! vous ignorez si elle a touché la
frontière, elle et son mari et ses enfants, et je suis
sûr que vous allez dormir cette nuit d'un sommeil
d'Allemand! » Puis, se tournant vers les écuries :
« Un cheval! criait-il, un cheval! ma vie entière
pour un cheval! Un cheval, Messieurs! criait-il
plus fort, un cheval à moi homme du peuple! un
cheval à moi qui suis républicain! un cheval à
moi aide de camp! un cheval à moi qui poursuis
les traces de ce scélérat qu'on appelle Louis XVI!
un cheval, Messieurs! Il faut que j'arrête la reine
cette nuit et que je vous ramène cette misérable
pieds et poings liés! Un cheval! je vous la ramè-
nerai demain matin, la reine! Demain vous vous
assemblerez sur vos portes, en haillons; vous vous

armerez jusqu'au fond de l'âme; vos femmes se
mettront derrière vous et vous souffleront mille
gentillesses de leur vocabulaire, et au milieu de
vous, bien foulés, je promènerai lentement la
reine, bien lentement; je mettrai un cheval dé-
charné à sa voiture : le chemin sera long, soyez-en
sûrs, aussi long d'ici au premier village de la
Champagne qu'il l'a été de Versailles à Paris. O
mes bons villageois! fiez-vous à moi : un cheval!
et, pour prix de ce cheval, vous insulterez la reine
à votre aise; vous l'insulterez une heure de plus
que ceux de Varennes, de Sainte-Menehould, que
ceux d'Épernay et de Dormans; vous serez traités
comme le faubourg Saint-Antoine, ni plus ni
moins, Messeigneurs. Mais un cheval! par pitié,
un cheval! Je suis un scélérat, voyez-vous; je
déteste les aristocrates; j'ai marché sur le crucifix
avant de partir, je suis entré le premier dans la
chambre de la reine; c'est moi qui ai crié dans la
cour, le jour de Versailles : « Plus d'enfant! » Le
jour où on a voulu l'assassiner, c'est moi qui l'ai
mise en joue ce jour-là; c'est moi qui ai manqué
tuer pour elle Madame Élisabeth de France; c'est
moi qui ai égorgé les Suisses et les gardes du
corps; c'est moi qui ai écrit les pamphlets venus
d'Angleterre; c'est moi qui ai volé le collier de la
reine! Voulez-vous tout savoir, Messieurs? Je

vais tout vous dire, à condition que vous me don-
nerez un cheval; je vais vous dire mon nom, et
vous verrez si je suis impur, Messieurs, et vous
verrez si je veux trahir la bonne cause; je vais
vous dire mon nom et qui je suis. Mais, de grâce,
donnez-moi un cheval! un cheval! un cheval à
Philippe Égalité! un cheval au duc d'Orléans! »
Et cependant Castelnaux, disant ce nom formida-
ble, recula épouvanté.

Les cris de cet homme, ses prières, ses larmes,
sa voix émue, son geste animé, tout le bruit qu'il
faisait, attirèrent à lui toute l'auberge. On se pressait autour de Castelnaux, les uns avec admiration, les autres avec défiance. Lui, tout entier à sa
passion, n'écoutait rien et ne connaissait personne;
il se fût élancé à pied sur la grande route s'il eût
pu marcher. Mais, hélas! il était défait à faire
pitié et fatigué à ne plus faire un pas.

CHAPITRE LXVIII.

COMMENCEMENT DE LA FIN.

> Égaré, perdu, je parcours d'un
> pas lent et faible les déserts soli-
> taires dont les bornes semblent
> reculer à mesure que j'avance.
>
> GOLDSMITH.

CEPENDANT trois nouveaux venus étaient entrés dans l'auberge à la faveur du bruit sans avoir été aperçus. Castelnaux criait encore de plus belle : « Un cheval ! un cheval ! un cheval à moi, Philippe Égalité ! » quand l'un des trois arrivants, le frappant sur l'épaule : « Pourquoi donc un cheval à cette heure, Monseigneur ? » lui dit-il d'un air sérieux et affligé.

Castelnaux se retourna au son de cette voix si connue, et, voyant Barnave devant lui, il devint

pâle d'effroi ; il s'appuya contre une table. « Voici
le peuple, je suis perdu ! » dit-il tout bas.

Puis, se retournant vers la foule avec la lenteur
d'un homme qui prend un parti violent, mais
nécessaire : « Assez de mensonges comme cela,
dit-il ; respectez-moi, Messieurs, et ne m'obéissez
pas : je ne suis pas le duc d'Orléans.

« Cependant tu m'avoueras, Joseph, dit-il à
Barnave, qu'un pareil mensonge fait par moi va-
lait bien un cheval. On ne sait rien reconnaître
ici ! »

Puis, prenant la main de Barnave et la mienne,
il nous entraîna tous les deux hors de l'auberge.
Il nous mena en silence à la porte de l'écurie, et,
quand il se fut bien assuré que personne ne pouvait l'entendre : « Écoute bien ceci, Joseph, dit-il
à Barnave. Joseph, mon ami, mon fils, toi que
j'ai tant aimé, je ne veux pas te faire de reproches.
Tu étais honnête homme, tu t'es conduit comme
un scélérat ; tu pouvais te couvrir de gloire, tu t'es
jeté dans l'infamie ; tu pouvais sauver le trône, tu
l'as perdu lâchement. Ce n'est pas de cela qu'il
s'agit ici, Joseph, bon Joseph ! Qui suis-je, moi,
pour te donner des conseils et pour te faire des
reproches ? Tu sais bien que je suis un fou, cela
est convenu entre nous ; je suis un fou, moi ; tu es
un républicain, toi, et il n'y a rien de commun

entre nous deux que mon amitié pour toi et ta
pitié pour moi. Tu sais bien que nous sommes
amis, que nous avons été rivaux un instant... Oh!
ne te fâche pas! Je ne t'en veux pas, Joseph! Tu
es un noble rival, toi, et ma jalousie n'a pas duré.
Tu n'as pas voulu faire tant de mal à ton pauvre
Castelnaux; tu n'as pas voulu te faire aimer de la
femme qu'aimait Castelnaux. Au contraire, mon
Joseph, tu l'as persécutée, cette femme; tu as dé-
clamé contre elle, tu l'as couverte d'humiliations.
A présent qu'elle fuit la prison dure, c'est toi qui
la ramèneras dans sa prison, et tout cela tu l'as
fait, Joseph, pour rassurer Castelnaux, bon Joseph!
Mais aussi Castelnaux est reconnaissant envers
toi, Castelnaux t'aime et t'honore, Castelnaux ne
t'adresse plus qu'une prière, une seule : si tu es
vraiment du peuple, prends pitié de moi, pauvre
malade, qui veux partir! si tu es vraiment roi
aujourd'hui, protége-moi, moi qui suis ton sujet,
Joseph! Ne souffre pas que je me tue de désespoir, Joseph! C'est bon à toi de t'arrêter et de
prendre du repos; toi, tu n'aimes plus rien; tu es
un stoïcien, toi, un Brutus, un sans-cœur, un
républicain de Plutarque; tu frapperais tes enfants
à mort, si tu avais des enfants, Joseph! Gloire à
toi! Mais moi, je suis un fou, je tremble et je
pleure, je ne saurais me reposer ni dormir. Il y a

là-bas, écoute bien cela, Joseph, il y a là-bas, au delà de la frontière, une femme que j'aime et qui m'attend, et qui ne veut pas perdre de vue la terre de France sans avoir avec elle Castelnaux. Ne me fais pas attendre sur les bords du Rhin, par pitié! L'eau du Rhin peut s'enfler cruellement d'un instant à l'autre, et moi, restant en France séparé d'elle, je serais véritablement exilé, bon Joseph! »

Ici Barnave fronça le sourcil. « Plût à Dieu, dit-il d'un ton de voix étouffée, que la reine eût passé le Rhin!

— La reine n'a pas passé le Rhin? s'écria Castelnaux.

— La reine est prise, dit Barnave. Faut-il que je vous le répète? elle est à nous, la reine; attendez-la ici, Castelnaux : elle sera ici demain.

— O Barnave, Barnave! dit Castelnaux, ayez pitié de moi! laissez-moi partir! que je la voie! J'ai toute la nuit à courir au-devant d'elle.

«O Barnave! que je la voie une fois! Faites cela, par pitié! Oh! que la reine, quand elle va être encore dans la foule, heurtée par la foule, jouet de la foule, ait du moins un ami à voir dans cette foule! Oh! faites cela! faites que ses yeux, au milieu de ces regards flamboyants, trouvent des yeux remplis de larmes! faites que son sourire

rencontre un sourire! faites que ses oreilles, au
milieu des blasphèmes, entendent une prière, un
cri de pitié, au milieu de ces accents de mort :
Dieu protége la reine! Si vous tenez à elle, Barnave, il faut absolument m'envoyer au-devant
d'elle. Qu'elle retrouve au moins son pauvre fou,
cette femme seule, toute seule, qui a perdu ses
amis, qui a été abandonnée de ses amies, qui n'a
pas un chien pour la consoler! Voyez, Barnave,
la route est longue. Si, durant la route, la pauvre
reine n'a pas une consolation, elle mourra : vous
ne la verrez plus; vous perdrez votre triomphe;
le peuple vous la donnera morte : il aimera mieux
cela, le peuple. Elle ne saura pas, avant de mourir, que vous êtes Barnave! Pauvre femme! Et si
vous m'envoyez à elle, me voyant dans la foule,
elle pensera que tout n'est pas perdu, qu'elle a encore des amis; elle saura qui chercher sur le chemin. Elle m'aura vu, moi, toujours moi, la regardant esclave et reine, prisonnière et libre, dau-
phine et fugitive : c'est toujours Castelnaux qu'elle
a vu. Elle est faite à moi; je suis l'astre autour
duquel elle tourne. D'abord ma vue lui a été dé-
sagréable. Un pauvre fou qui l'aimait, qui la dé-
vorait du regard, qui était toujours à ses pieds à
elle, folâtre, rieuse, gaie, libre comme l'air! Mais
elle m'a souffert par pitié; elle n'a pas voulu me

faire mourir en me chassant de sa vue : peu à peu
elle s'est faite à moi ; elle est devenue moins heureuse, et elle m'a trouvé plus supportable ; puis
elle est devenue malheureuse, et elle m'a cherché
quelquefois, tant elle était malheureuse ! Puis ses
amis l'ont quittée ; ils ont eu peur, ils se sont sau-
vés, les lâches ! Puis elle a forcé Mme de Polignac
de partir. Elle est restée seule, et alors, étant
seule, elle a cherché Castelnaux du regard, et
elle a toujours trouvé Castelnaux ; puis le peuple est entré chez elle, l'a faite prisonnière et l'a
ramenée à Paris violemment, et au milieu des
têtes coupées elle a vu la tête de Castelnaux, et
mon regard qui lui disait : « Bon courage ! » On n'est
pas seule, voyez-vous, quand il y a là quelqu'un
qui vous aime. On se dit : « C'est lui ! c'est mon
fou ! » Et insensiblement on se reporte encore
dans des temps meilleurs : on a vu son fou à Versailles, à côté du jet d'eau, la nuit, par le clair de
lune ; le matin, par le soleil levant ; à Trianon,
un jour où on battait le beurre. La vue du pauvre
fou occupe l'âme et la pensée comme un souvenir : c'est un miroir où se reflètent les temps heureux ; c'est une distraction innocente à laquelle on
s'abandonne. Je suis un des besoins de la reine,
voyez-vous ; je suis son unique soutien dans ses
voyages à travers les peuples. Laissez-moi partir,

laissez-moi partir, laissez-moi la voir! Un cheval!
un cheval! un cheval! »

Puis, sans attendre la permission de Barnave,
il choisit un des bons chevaux de l'écurie, il le
sella lui-même; le cheval fut prêt en un clin d'œil.
Castelnaux le flattait de la main: c'était merveille
de voir ce pauvre homme, l'âme tendue à ces préparatifs, et cependant prêtant l'oreille au moindre
bruit venu du dehors, au moindre geste de Barnave; il fallait le voir, quand le cheval fut équipé,
se glisser le long du mur, comme un voleur, se
faire petit lui et son cheval! Arrivé à la porte de
l'écurie, il mit le pied à l'étrier, et il allait se mettre en selle, lorsque Barnave le retint : « Notez
bien que vous faites ceci contre mon gré, Castelnaux! Je manque pour vous à mon devoir.

— Adieu, Joseph, adieu! Tu es un digne homme; je vais chercher la reine, je te la ramène. Adieu,
Joseph!

— Dites à la reine, Castelnaux, que c'est Barnave qui vient au-devant d'elle pour la ramener
à Paris! »

Castelnaux se mit en selle; il fit avancer très-
naturellement son cheval de deux pas; puis, sans
affectation : « Mais es-tu seul à venir au-devant
de la reine, Barnave! Comment s'appelle le second de tes compagnons? Je veux dire aussi ce

nom à la reine, afin qu'elle se rassure un peu.

— Il s'appelle Latour-Maubourg, » dit Barnave.

Ici Castelnaux fit encore un pas en avant, puis, se retournant à mi-corps et s'appuyant de la main droite sur la croupe de son cheval :

« Et le troisième nom, Barnave? »

Disant ces mots, son cheval fit volte-face : « Adieu, Barnave, adieu! Ce troisième nom, je le sais; ton chef à toi, misérable, le chef que tu ne nommes pas, il s'appelle Pétion. Honte à toi, Barnave! tu es son subalterne, quoi que tu fasses. Honte à Barnave, vaincu deux fois : d'abord par Mirabeau, puis vaincu par Pétion! vaincu dans l'éloquence et vaincu dans le crime! Traîné à la remorque par Pétion! Tremble, et repens-toi pour le ciel, Barnave, car tu es perdu pour la terre, car ta mission est achevée, car tu as commis tous les crimes que tu pouvais commettre : car, Mirabeau mort, Mirabeau, ton noble maître, Mirabeau dont tu avais refusé le joug! tu as courbé la tête sous un joug infâme; tu as trouvé pour maîtres les derniers des criminels; tu étais homme de parti, tu es devenu homme de complot; tu étais chef de révolution; tu es devenu courtier d'émeutes. Honte sur toi! malédiction sur toi! malheur à toi! Je vais dire à la reine que c'est Pétion qui l'attend; eucore cette fois la reine ne saura pas ton nom;

Barnave; la reine saura celui de Pétion, elle a su le nom de Mirabeau. » Disant ces mots, il piqua des deux et disparut.

En passant devant l'auberge, il s'écria, sans s'arrêter : « Encore une fois, Messieurs, retenez bien ceci : je ne suis pas le duc d'Orléans ! »

CHAPITRE LXIX.

REPENTIR.

Il est trop tard.

EUGÈNE SUE.

Que ta bouche ne soit pas le
héraut de ta propre honte ! couvre
ta trahison d'un voile décent.
(SHAKESPEARE, *les Méprises*, comédie.)

E regardais Barnave, il était accablé.

« Qu'allez-vous devenir, Barnave ?
Ne trouvez-vous pas que Castelnaux a
raison ? »

Barnave reprit : « A présent, je n'ai plus le
choix, Frédéric. Oui, Castelnaux a raison, je ne
suis plus mon maître. Le mouvement m'a emporté, la passion m'a aveuglé ; je suis arrivé trop
jeune et trop novice dans les affaires de ce monde,
je me suis usé tout de suite : à présent je suis fini ;
à présent il n'y a pas de force humaine qui puisse

me faire avancer ou reculer d'un pas. Cela est
horrible à penser! Cependant ne soyez pas cruel
comme Castelnaux : ne me frappez pas à terre;
laissez-moi attendre patiemment cette reine que
le peuple me ramène. Vous avez lu souvent dans
l'histoire de France comment les Français ame-
naient à leurs rois des épouses venues d'Angleterre ou d'Allemagne. Le jeune monarque attendait patiemment sa fiancée ; ou bien, comme
Henri IV, impatient époux, il montait à cheval
et il allait au-devant d'elle avec la foule et comme
la foule. Moi, je suis le roi qui attend sa fiancée.
On me la ramène toute tremblante, elle traverse
les populations pour venir à moi. Je suis roi ce
soir, je serai roi demain encore et après-demain.
Toute ma vie je l'ai donnée pour ces trois jours
de règne. Je vais donc enfin la voir, cette reine superbe ! je vais donc enfin lui parler! elle saura
donc enfin qui je suis, moi Barnave; elle sera à
moi deux jours! deux jours à Barnave! la reine de
France! et après, que Barnave meure, pourvu
que ce soit de la mort de Mirabeau! »

Ici Barnave, me prenant la main : « La mort de
Mirabeau, Frédéric! Savez-vous tout ce qu'il y
avait de gloire et de bonheur dans cette mort?
J'ai bien envié Mirabeau dans sa vie, Mirabeau
m'a fait passer bien des nuits sans sommeil ; mais

sa mort, sa mort au milieu de son triomphe, sa
mort à l'instant même où il changeait le monde
pour la seconde fois, sa mort qui souillait une révolution, sa mort qui précéda le dernier jour de
la monarchie, c'est le complément de son bonheur ! c'est la dernière supériorité de Mirabeau !
C'est là mon plus grand sujet d'envie, ô Mirabeau !

« Frédéric, quelque jour vous comprendrez ce
que c'était que Mirabeau, et quelle âme ! et quel
courage ! et quel gentilhomme ! et combien il avait
deviné à temps que nous tous, honnêtes gens,
nous courions après des chimères. Quel démenti
Mirabeau a donné à notre république ! Notre république, belle chimère ! Où est-elle, la république de Barnave ? Où sont-elles, nos institutions
grecques et romaines ? Athènes, où est-elle ? où
est Rome ? Où sont-ils, ces orateurs de l'antiquité
et ces sages qui devaient surgir parmi nous ? O
rêveurs, rêveurs que nous sommes ! Athènes !
Sparte ! Rome ! trois choses impossibles ! trois uto-
pies qui nous coûteront bien cher à tous ! »

Barnave me faisait pitié. Nous rentrâmes ensemble à l'auberge. La journée avait été longue
et cruelle, nous avions tous besoin de repos. La
table était dressée au milieu de la salle principale,
le souper était servi. Pétion, insouciant et déjà à

demi ivre, développait brusquement ses théories
d'égalité et de liberté. Je n'ai jamais vu de contraste plus frappant et plus significatif. Pétion à
côté de Barnave, c'étaient les deux forces de 92 et
de 93 en présence. Barnave, mélancolique, élégant,
républicain théoriste, sublime rêveur, avide pour-
suivant des formes antiques, orateur savant et
passionné, entraîné, poussé dans l'abîme par une
passion politique, comme autrefois il se fût perdu
pour une passion d'amour; Pétion, au contraire,
jovial et cynique, Pétion représentait toute la partie matérielle de l'atroce pouvoir de 93. C'était
chez cet homme un gros enthousiasme, un gros-
sier instinct de puissance; véritable caricature de
Marat, il s'avançait dans la révolution sans rien
savoir du passé, sans rien prévoir de l'avenir:
heureusement pour lui la terreur le prit quand il
eut vu Robespierre d'assez près pour comprendre
Robespierre ! Il s'arrêta épouvanté de se voir dépassé dans ses exagérations les plus sanguinaires;
et un jour, quand l'échafaud l'attendait, il fut
trouvé dévoré par les loups. Il mourut à peu près
comme Marie-Antoinette et Barnave, seulement
son trépas fut plus doux.

La nuit était avancée. Peu à peu le silence régna
dans l'auberge. La lampe jeta une clarté douteuse.
Barnave appuya sa tête entre ses deux mains; Pé-

tion s'étendit sur un banc et se prit à ronfler. Pour
moi, inquiet, éperdu, je me promenai longtemps
de long en large; j'enviais le sommeil de Pétion,
je plaignais Barnave. Je me figurais le réveil de
Barnave dans une heure, quand il sentira la main
d'une femme lui frapper sur l'épaule. Alors, réveillé en sursaut, il tournera la tête. Oh! que de-
viendras-tu Barnave, tout à l'heure, que devien-
dras-tu, quand tu verras cette femme, triste et
pâle, les yeux gonflés de pleurs, appuyée sur ses
enfants en deuil, jetant sur toi un regard solennel
avec ces mots: « Retournons à Paris, Monsieur! »

A cette idée, je sentis mes jambes faillir. Je fus
m'asseoir sur le plancher, le dos appuyé contre la
chambre de ma mère. Ma mère dormait; Hélène,
la tête penchée sur le lit, murmurait tout bas je
ne sais quelles plaintes. A la fin, vaincu par le
sommeil, je m'endormis à mon tour, afin qu'il
fût dit que de ces cinq personnes qui attendaient
le roi captif avec des sentiments si divers, pas une
d'elles, amour ou haine, n'ait eu la force de veiller pour l'attendre! . . . . . .

Toute l'époque était faite ainsi. Elle dormait:
les uns dormaient sur le tribunal, les autres sur
l'échafaud, voilà tout. Le bourreau seul ne dormait pas!

CHAPITRE LXX.

TUMULTE.

Ne t'irrite pas! courbe ta tête et
pleure, et songe qu'il y a quelque
chose dans le cœur de l'homme
qu'on appelle le remords.

BATTIE.

Ès qu'il fit jour, un mouvement inusité
commença dans le village. Le village
se trouva pressé entre deux bruits qui
lui venaient de loin et de deux côtés opposés.
D'une part, c'étaient ceux de Paris qui venaient
au-devant de la royauté captive ; d'autre part,
c'étaient ceux de Varennes qui ramenaient en
triomphe la royauté captive. Vous n'avez jamais
entendu de bruits pareils. C'était la menace qui
répondait à la menace, le triomphe au triomphe,
le meurtre au meurtre, et cela confusément, bien
au loin, bien loin, car il s'en fallait encore de

plusieurs milles que ceux de Varennes se rencon-
trassent avec ceux de Paris : si bien que le bruit
était aux deux extrémités de la route, pendant que
le milieu était calme encore. Horrible calme! qui
pèse à l'âme comme le remords.

Je regardais Barnave. Il était pâle et défait; il
sortait d'un songe horrible. Longtemps il regarda
autour de lui, cherchant à reprendre ses esprits;
en me voyant, il me tendit la main : « Voici le
grand jour, Frédéric. C'est aujourd'hui qu'on me
livre la reine. » Puis avec un sourire amer: « Ne
m'estimez-vous pas bien heureux? » me dit-il.

Je voulus en vain lui répondre, la parole me
manqua. Je lui pris la main, je la serrai cordiale-
ment: « Je vous estime le plus à plaindre des
hommes! » lui répondis-je. Il retomba peu à peu
dans ses réflexions profondes, j'en eus pitié!

Sur ces entrefaites, la porte de la chambre où
reposait ma cousine Hélène s'entr'ouvrit doucement; Hélène, passant la tête à travers la porte,
regarda si j'étais seul. J'étais seul en effet, l'appartement était désert. Barnave, la tête dans ses deux
mains, paraissait dormir; la vaste salle, en désordre, s'éclairait péniblement. Hélène ne referma
pas la porte de sa chambre, j'allai lui parler à
demi-voix ·

« Comment se porte ma mère, ma cousine, et

vous-même, quelle nuit avez-vous passée ? » Puis je la regardai, et je reculai d'un pas.

Elle était abattue et défaite, ses yeux étaient rougis par les larmes, sa figure était livide; elle avait mis une robe blanche, et une ceinture noire en signe de deuil. Elle me regarda tendrement.

« Oh! me dit-elle, ce n'est pas de moi qu'il s'agit. Votre mère dort encore, laissons-la dormir, elle ne se réveillera que trop tôt. Mais la reine, Frédéric, la reine, où est-elle? que fait-elle? qui nous empêche d'aller la joindre? A pied! Frédéric, partons à pied, je meurs ici: il faut que je revoie mon auguste maîtresse; il faut partir, l'incertitude me tue. Par pitié, par devoir, par honneur, par amour, s'il le faut! donnez-moi le bras, et partons! »

Elle était hors d'elle-même ; elle avait des sanglots dans la voix, son sein battait, son œil brillait. Elle était résolue et prête à tout.

« Hélas! lui dis-je, vous savez si je vous suivrai partout où vous irez, ma cousine! vous savez si je suis prêt à mourir pour la reine et pour vous! Partons, je le veux. Donnez-moi le bras, allons à pied. Partons! allons au-devant de la reine. Mais comment partir? tous les chemins sont gardés! Le peuple est sur pied, tout réveillé, tout armé, et qui regarde! Le farouche Pétion est à la porte,

qui place les soldats; le ciel et la terre sont contre
nous : comment voulez-vous partir? Et quand
bien même nous rejoindrions la reine, comment
percer la foule qui l'entoure? comment vous faire
jour, vous, faible femme, à travers ce rempart
mouvant qui la tient captive? Comment votre
voix, si faible et si douce, dominera-t-elle les mille
voix du peuple? Savez-vous ce que c'est que le
peuple? ne l'avez-vous pas vu portant sur sa tête
toute cette royale famille, et toute cette famille de
rois aussi légère sur la tête de ce peuple qu'un second meurtre sur la conscience d'un assassin?
Croyez-moi, Hélène, la reine approche, elle vient
ici, elle sera infailliblement ici dans trois heures;
alors nous pourrons la voir et lui parler! Voyez-
vous sur cette table cette homme qui dort? c'est
un des commissaires de l'Assemblée; c'est un
homme d'honneur, qui nous protégera. »

En même temps, je lui montrai Barnave; sa
tête était cachée dans ses mains; il ne nous entendait pas.

« Il faut que je parle à cet homme, mon cousin, » me dit Hélène. En même temps elle s'avança
vers lui.

La porte de la chambre qui n'était qu'entr'ouverte, abandonnée à elle-même, s'ouvrit tout à
fait; les premiers rayons du soleil levant inon-

dèrent l'appartement, et ils allèrent frapper
d'aplomb sur la tête de Barnave qui leva les yeux.

Quand il vit dans cette lumière subite cette
femme blanche et mélancolique qui s'avançait
lentement vers lui, Barnave, encore tout préoc-
cupé des songes de la nuit, se leva brusquement
comme un homme épouvanté.

Cependant la vision approchait, et elle lui dit :
« Barnave !

— Qui m'appelle? » dit Barnave l'œil hagard.
Puis, s'approchant subitement : « C'est la reine !
dit-il; déjà la reine ! » Et alors se mettant à genoux : « Pardon, pardon, Majesté! pardon ! je suis
coupable! pardon! Oh! si vous connaissiez le
cœur de Barnave! si vous saviez tout ce qui se
passe dans son cœur! si vous saviez tout ce qu'il
y avait pour vous dans mon âme! ah! vous me
regarderiez avec moins de courroux! vous auriez
pitié de moi, Majesté! Majesté, j'ai été entraîné,
j'ai été perdu, j'ai été poussé contre vous par mille
passions diverses; j'ai voulu attirer votre regard,
bon ou mauvais; j'ai voulu être redoutable; j'ai
été votre ennemi déclaré; je vous ai poursuivie
de toutes mes forces : je vous croyais si au-dessus
de ma colère, vous, si grande reine! Pardon!
Majesté! Mais ma victoire m'a trompé! Pardon!
je n'avais pas compté moi-même sur tant de suc-

cès ! Pardon, j'ai honte, et j'ai peur, et je frémis
de ma puissance. Oh ! si je vous ai forcée de quitter Versailles, si je vous ai enfermée prisonnière
dans votre palais, si je vous ai chassée des tribunes réservées, si je vous ai fait défendre les jardins
de Saint-Cloud, si je vous ai forcée de quitter
votre capitale et votre royaume, si je vous force
aujourd'hui à rentrer captive sous le poids de trois
cent mille baïonnettes ennemies ! oh ! pardon !
pardon ! c'est que j'ai été plus puissant que je n'aurais pu le croire ; c'est que ma force a été trop
loin ; c'est que j'ai été horriblement servi dans mes
colères, dans ma vengeance. Voyez-vous, reine,
nous autres rois du peuple, rois d'un jour, nous
avons des flatteurs comme de vrais rois : le peuple,
notre sujet, chérit nos moindres désirs ; nous faisons un geste, et soudain, à ce geste, il brûle, il tue,
il renverse, il détruit, il n'entend plus rien. Le
peuple, sanguinaire, flatteur, se met à deviner nos
désirs, et, quand nous sommes tristes seulement,
il tuerait un roi véritable pour nous distraire,
nous, rois factices ! O reine ! reine ! pardonnez à
un roi du peuple ! Ils sont bien malheureux les
rois du peuple, voyez-vous ! ils ont une puissance
bien éventuelle ! ils sont peu écoutés et peu obéis
eux aussi, comme tous les rois qu'on flatte ! Voyez
la foule. Si je lui dis : « Tue ! » elle tue ! si je lui

dis : « Sauve cette femme ! » elle tue ; si je lui dis :
« Prends pitié du roi qui revient, et qui n'a pas
« versé une goutte de sang, et qui t'a fait libre, et
« qui s'est dépouillé lui et les siens, et qui t'a fait
« distribuer jusqu'au dernier morceau d'or de sa
« vaisselle ! » le peuple tue le roi ! si je lui dis :
« Prends pitié de la jeune fille, bonne et douce,
« bel ange qui a pansé tes blessures, innocente
« femme qui a sauvé la reine aux périls de ses
« jours ? » le peuple la tuera, la sainte Élisabeth ! si
je dis au peuple : « Baise les mains de l'enfant,
« salue ton dauphin qui te sourit, vois-le jouer avec
« ta colère ; vois-le pleurer si tu pleures ; vois-le
« sourire si tu souris ! » le peuple tuera l'enfant.
Car je suis le roi du peuple, comme vous, Majesté,
vous êtes la reine des courtisans. Je suis obéi de
cette foule comme vous étiez obéie de votre cour !
Je suis un roi vaincu, vaincu à mon tour, un roi
suspect, un roi dont la voix n'est plus entendue,
un roi détrôné ; et cependant, si vous me pardonnez, un roi tout prêt à mourir pour vous ! déchiré
à mon tour. » . . . .

Barnave prosterné aux pieds d'Hélène, Barnave
emporté par ses douleurs, et achevant ainsi tout
haut des rêves commencés tout bas, était sublime !
Sa voix était sonore, son attitude était noble, son
repentir fervent ; en le voyant si près de la mort,

lui aussi, il était impossible de ne pas l'aimer !
Hélène lui tendit la main, et le releva.

« Plût à Dieu, lui dit-elle, que je fusse la reine
en effet ! Plût à Dieu, Monsieur, que l'Assemblée
voulût se contenter de moi ! je vous suivrais sans
peine et sans peur, Barnave ! et avant la mort je
vous pardonnerais tous mes malheurs, à vous,
Majesté vaincue, comme vous dites. » Ce peu de
paroles, prononcées avec l'accent de la pitié, fit
rentrer Barnave en lui-même ; il ne parut nullement chagrin de sa méprise, et il reprit en ces
mots :

« J'aurais dû penser, en effet, que vous n'étiez
pas loin, madame la comtesse : la reine est si malheureuse à présent ! »

Mon étonnement fut grand en voyant que Barnave connaissait ma cousine, comme ma cousine
connaissait Barnave.

« Et je donnerais ma vie pour la rejoindre une
heure plus tôt ! dit Hélène. N'êtes-vous donc plus
assez puissant pour cela, Monsieur ? Êtes-vous
donc détrôné à ce point déjà ? En ce cas, avouez
que ce n'était guère la peine de détrôner votre
maître légitime au profit de je ne sais quelle puissance honteuse et cachée à laquelle vous obéissez
en rougissant ! »

Comme Hélène disait ces mots, nous entendîmes

une légère rumeur au dehors. La porte extérieure de l'auberge s'ouvrit brusquement, et nous vîmes entrer à pas précipités plusieurs hommes et plusieurs femmes qui tous portaient sur leur visage l'expression de la plus profonde terreur.

CHAPITRE LXXI.

FIN DU ROMAN.

> Voici l'heure où vont venir mes
> comédiens, Seigneurs ; si vous les
> trouvez fatigués et défaits, pardonnez-
> les, ils ont tant couru !
>
> AIMÉ ROYET.

ES nouveaux venus dans la grande salle de l'auberge, tout épouvantés qu'ils étaient, arrivaient cependant l'un après l'autre et en assez bonne contenance. C'était une peur stupide et calme. Ces gens-là ne fuyaient pas un danger, ils marchaient en arrière, au pas, retenus par une curiosité indicible : vous eussiez dit les premières feuilles d'automne qui se détachent au premier souffle, quand la tempête n'est pas encore venue. Oh ! ce fut parmi nous un moment de transes inexprimables quand nous vîmes tous

ces étrangers se blottir dans un coin de l'appartement et rester assis bouche béante, l'œil ouvert,
écrasés par une force surnaturelle qui les empê-
chait de faire un pas en arrière ou en avant!

Nous qui savions au fond du cœur tout ce que
ces gens-là auraient à répondre à nos questions,
nous gardions le silence : Hélène, appuyée contre
la muraille ; Barnave qui la regardait, croyant voir
la reine ; moi occupé à tout voir, à tout entendre,
comprenant que le dénoûment approchait.

Je vis donc entrer les voyageurs. Hier encore,
heureux et tranquilles, ils rentraient dans leur
patrie, ils revoyaient en espérance leur famille,
leurs amis, leur intérieur, leur chien fidèle accou-
rant à leur retour, quand ils furent rejoints par
l'immense cortége. Au bruit qui se faisait derrière
eux, ils avaient retourné la tête et ils avaient vu
(chose horrible !), traînée dans un char et couverte
de poussière, la monarchie tout entière, cette toute-
puissante monarchie, sur la foi de laquelle ils rentraient dans leur pays.

Alors ils avaient voulu rebrousser chemin ;
mais les débris d'un trône brisé s'étendent si loin
que la voie du retour était fermée : force leur avait
été d'aller en avant, balayés qu'ils étaient, et ensevelis par le flot populaire qui ne devait s'arrêter
qu'après avoir tout renversé sur son passage.

L'inondation avait monté jusqu'aux bords, l'abîme avait appelé tous ses trésors, le fleuve avait vomi toute sa réserve. Voyez-vous là-bas, là-bas, cette frêle nacelle qui flotte au-dessus de ces têtes émues? entendez la vague qui gronde! Cette frêle nacelle porte la France et sa fortune, elle n'arrivera pas au port!

Vraiment, s'il n'y eût pas eu quelque part ce pauvre esquif si cruellement chargé, faible barque battue de l'orage, qui porte le père et l'enfant, la mère et la fille, et les dieux pénates et les vieilles lois, et l'antique croyance et l'antique fidélité, notre position eût été cruelle à nous qui allions nous trouver entre deux vagues dans ce débordement du peuple. En effet, de côté et d'autre, et à chaque instant, nous arrivait un nouveau venu : l'un venait de Paris, effrayé par des cris de rage; l'autre arrivait de Varennes, effrayé par des cris de rage. Que sera-ce donc quand ces deux colères vont se trouver face à face, joue contre joue, regard contre regard, bouche contre bouche, je ne dis pas cœur contre cœur?

Vous autres, Allemands mes frères, qui chantez en chœur les chansons de Kœrner; qui faites vos révolutions dans les tavernes, et qui buvez joyeusement à la liberté du monde, vous ne savez pas ce que c'est qu'un peuple qui crie! vous n'avez

rien vu de pareil, vous autres, pas même dans le
sabbat de Faust. Vous n'avez jamais entendu rien
de pareil : c'est un bruit à faire dresser les cheveux
sur la tête, un bruit à briser le cœur, un bruit à
rendre sourd un mort! Un peuple qui crie jusqu'au fond du larynx, les narines enflées, l'œil en
feu et jeté hors de son orbite, les lèvres livides et
sèches, les dents serrées, la joue pantelante, les
poings fermés! un peuple qui crie ce mot sonore,
si significatif et si court : *Mort! mort! mort!*
un peuple qui crie sans que la poussière de la
route s'arrête dans son gosier desséché, sans que
le soleil fasse baisser son œil hagard, sans que les
ronces des chemins se fassent sentir à ses pieds
ensanglantés, sans que la soif ou la fatigue, ou la
pitié, l'empêchent jamais de crier : *Mort! mort!
mort!* un peuple qui se prend, qui se foule, qui
se jette sous les pieds des chevaux, et qui court
sous la roue du char, sur la baïonnette du soldat,
pour crier de plus près, le poing levé : *Mort!
mort! mort!* Oh! c'est une chose épouvantable!
c'est un bruit à ne pas s'entendre! c'est un enivrement, c'est un délire de colère à ne pas regarder
une seconde! c'est une suspension de l'âme, du
cœur, des larmes, des facultés morales, de l'intelligence humaine, plus inexplicable mille fois que
tous les phénomènes qui se passent dans nos son-

ges ; c'est une ivresse de la tête, c'est une erreur
d'intelligence, c'est un cauchemar à l'opium, mêlé
de salpêtre, d'eau-de-vie et de nudités obscènes ;
c'est un chaos dans lequel il faut avoir été mêlé
une fois, non pas pour le décrire, mais pour le
comprendre. Pour vous peindre le cri du peuple,
dois-je mettre un cilice et couvrir mes cheveux de
cendres ? permettez-moi le blasphème une fois,
mes frères : si le cri d'un peuple qui crie ainsi
est le cri de Dieu, c'est le cri de Dieu devenu fou !

Le bruit était encore éloigné de plusieurs milles,
que nous en avions le pressentiment confus ; même
nous l'entendions distinctement, à vrai dire : ces
espèces de bruits dédaignent d'arriver à l'oreille
par les moyens ordinaires ; le joyeux écho, capricieux et scintillant messager de l'air, est inhabile
à supporter des bruits si énormes ; à ces bruits si
étranges, il se cache, il se blottit dans un endroit
retiré, il se tait, lui, si jaseur ! alors le bruit arrive de dessous terre, comme par un écho infernal,
à la voix rauque, inarticulée, prise de vin, semblable à la voix d'une poissarde un jour de révolution, et qui parle faux !

Alors, plus le bruit est grand là-bas, autour de
vous, plus le silence est effrayant à l'endroit où
vous êtes. C'est à peine si vous entendez dans l'air
l'oiseau qui vole à tire d'aile, poussant un cri plain-

tif, comme s'il avait à rendre compte d'une couronne, lui aussi.

Moi, voyant Hélène tremblante et Barnave toujours soumis à la même fascination, l'œil fixé sur Hélène, la dévorant du regard, et toujours prêt, à chaque instant, à l'appeler *Majesté*, j'eus peur de ce que Barnave pouvait dire, et je songeai à fixer autre part son attention.

Justement le hasard m'avait fait reconnaître dans ces voyageurs égarés plusieurs acteurs subalternes du drame inextricable et puéril dont j'avais été la victime et le héros.

Je disais à Barnave, lui montrant le premier voyageur qui était entré du côté de Varennes : « Voyez-vous cet homme, Barnave ? Il tremble : savez-vous pourquoi il tremble ? Il tient son chapeau sous son bras : savez-vous pourquoi il tient son chapeau sous son bras ? Cet homme, je le connais, Barnave ! J'ai pensé partir avec lui pour la Suisse ; la monarchie expirait alors ! Cet homme allait en Suisse pour y chercher un papillon qui lui manque. Il revient ! Il rencontre sur sa route cette monarchie éparse en mille fragments ! Et le voilà qui abrite son chapeau sous sa poitrine ; le voilà qui va tête nue, et qui s'expose à saluer la royauté devant le peuple, comme ferait un Montmorency, non par respect pour la royauté ou par

respect pour le malheur, cette autre royauté si
respectable, mais uniquement pour que sa collection soit complétée ; uniquement pour protéger
son insecte favori! uniquement pour que son aile
d'azur ne perde rien de la poussière qui la dore!
Vous êtes d'une nation bien méprisable, Barnave,
à mon sens ! »

Comme j'achevais ces mots, je vis entrer un
autre voyageur qui alla s'asseoir en silence près de
la cheminée, et que je recconnus aussitôt.

« Cet homme triste et fatigué que vous voyez
là-bas, près du foyer éteint, courber sa tête sous
ce beau rayon de soleil, je l'ai vu, heureux et bien
portant, par une froide matinée d'hiver, se mettre
en quête d'une mauvaise édition d'Horace. Rien
ne lui coûtait pour posséder son auteur favori. Il
en parlait avec l'ardeur d'un amant d'autrefois
courant après sa maîtresse ! Eh bien, cet homme
si fanatique de poésie, il a passé tout à l'heure devant le char funèbre, il a vu le roi tête nue et couvert d'opprobre, le roi de France pourtant, celui
qu'on appelait dans toute l'Europe : *le Roi !* A quoi
sert la poésie chez vous, Barnave ? Voilà un ado-
rateur d'Horace, un homme qui sait par cœur
tous les vers adressés à Auguste ; un poëte, un savant, un artiste, que vous dirai-je ? cet homme, ce
poëte, n'a pas assez d'âme pour faire cortége au roi.

Il fuit devant la foule en dépit de sa poésie, lui qui a traduit mille fois l'Éloge de Caton debout sur les ruines du monde! O poésie! vanité royale! tu n'as pas trouvé un mot de consolation pour le petit-fils du grand roi! pas un mot de reconnaissance ou de pitié! Vous êtes d'une nation bien déshonorée, Barnave! »

Au milieu de mon discours, une femme était entrée, tenant une jeune fille de quatorze ans par la main. La mère était rose de bonheur. Elle fit asseoir son enfant; elle lui donna à boire, buvant avant elle, et soufflant sur le verre pour le réchauffer; puis elle déchaussa son enfant, elle essuya ses pieds fatigués; puis elle arrangea ses cheveux, elle lui lava les mains et le visage, elle l'embrassa; puis la petite fille appuya sa tête sur les genoux de sa mère et s'endormit : la mère ne fit plus un seul mouvement; cependant elle ne dormait pas!

Je poursuivis, montrant du regard cette femme et son enfant. « Les mères elles-mêmes, Barnave, les femmes, si intelligentes d'ordinaire, voyez, Barnave, elles ne comprennent rien à l'étrange phénomène qui se passe! Voilà une femme, voilà une mère! Elle a laissé chez elle quatre enfants en bas âge! elle en a un qui prie Dieu nuit et jour, un autre qui est blond et qui fait des élégies, un autre qui ne pense qu'à Turenne et au grand

Condé. Que vous dirai-je? cette mère les a quittés
tous les quatre pour aller chercher son autre enfant, sa Clémence! Elle arrive. Elle trouve, elle
aussi, sur son chemin, une mère et un enfant, une
mère qui pleure et son enfant qui la console; elle
entend maudire cette femme et cet enfant, elle qui
est femme, elle qui a cinq enfants, et elle passe indifférente! Elle essuie les pieds de son enfant à
elle, et pour le dauphin de France elle n'a pas un
regard de pitié! et son cœur de mère ne lui dit pas
que ces deux enfants se tiennent, que ces deux
mères se tiennent, l'une captive dans sa voiture,
l'autre vagabonde sur la route, unies toutes
les deux par le même lien! Elle ne comprend pas,
cette mère, que tout cela ne fait qu'une famille, une
seule vie, une seule captivité, une seule royauté!
elle ne comprend pas qu'il faut que les pères règnent ensemble ou meurent le même jour; qu'il
en sera ainsi pour les mères; que les enfants, jeunes
branches si peu vivaces, se sécheront sur le même
tronc desséché! elle ne comprend pas cela, elle, et
elle est tranquille près de son enfant comme s'il
ne s'agissait que d'un papillon! Il faut que vous
soyez d'un pays bien à plaindre, Barnave, pour
que les mères elles-mêmes en soient venues à cet
excès d'aveuglement! »

CHAPITRE LXXII.

FIN DE L'HISTOIRE.

Italiam! Italiam!
Virgile.

'AI dit que nous étions resserrés entre deux bruits. A chaque instant les deux bruits que nous avions entendus de si loin s'affaiblissaient; ils prenaient quelque chose de plus solennel en s'approchant; à chaque instant il me semblait que le cœur allait nous manquer. En effet, que devenir quand ces deux colères vont se réunir sur ce point unique, placés que nous sommes comme la capitale d'un royaume entre deux invasions?

Ce moment était terrible. Je cherchai à affaiblir les terreurs de ma cousine et de Barnave; ils me faisaient pitié tous les deux : elle si faible, lui si

faible ; elle si craintive, lui si craintif ; elle résignée
au sort qui l'accablait, lui plus à plaindre, soumis
à la force dont il était le dépositaire sans pouvoir
s'en débarrasser.

Bientôt les premiers Parisiens arrivèrent, ivres
de colère et de vin. Cette étrange populace se
mettait en voyage par monceaux, comme les sau-
terelles d'Égypte, vivant comme elles en rava-
geant. Ils arrivaient précédés de quelques cavaliers. Un de ces cavaliers portait en croupe une
femme qui se démenait comme une furie, jouant
son rôle de femme. Je montrai cette furie à Barnave. Ses mains et ses pieds étaient enveloppés
dans des linges encore sanglants ; toute la Passion
était empreinte sur sa figure. « Voyez-vous cette
femme, Barnave ? cette femme, c'est le dernier
Christ que la France ait crucifié ; voilà Dieu qui a
fait comme vous, il s'est fait peuple ! C'est une
ambition qui a dérangé bien des têtes, n'est-ce
pas ? »

Hélène reprit la parole, tremblante : « Que parlez-vous du dernier Christ, Frédéric ? Croyez-vous
donc que cette malheureuse à cheval derrière un
jacobin soit un Christ ? Ah ! si elle est un Christ
elle aussi, cette femme, ce n'est pas le dernier.
Pourquoi comptez-vous donc tout ce calvaire qui
s'avance ? » Disant cela, Hélène, qui tremblait, se

redressa de toute sa hauteur; elle prêta l'oreille et dit: « Les voilà? »

En effet, nous avions entendu un bruit sourd suivi de silence. Nous nous sentîmes défaillir.

A ce bruit qui s'avançait tout d'une pièce, nos trois personnages, qui était assez calmes, s'agitèrent. L'aimable amateur de papillons regarda son brillant insecte au fond de son chapeau ; l'homme aux bouquins ouvrit son Horace; la mère appela sa Clémence qui s'était écartée quelque peu. O profondeur de l'égoïsme humain !

Même ces trois personnages qui, à mon avis, étaient possédés d'un assez innocent égoïsme comparé à l'égoïsme général, trouvèrent le moyen de parler dans cet horrible moment : leurs paroles roulèrent toutes sur l'objet de leur passion.

L'un disait, regardant son insecte : « C'est un vrai papillon à tête de mort, *Sphinx atropos;* il a cinq pouces de vol, il est nuancé de raies noires et jaunes ; il sera d'un bel effet dans ma collection. »

L'autre murmurait tout bas cette épître d'égoïste, qui n'est pas la moins belle de celles d'Horace : *Ne s'étonner de rien, ô Numicius ! c'est la seule chose qui puisse donner et conserver le bonheur !*

La bonne mère appelait : « Clémence! »

C'était un tableau à fendre le cœur. Hélène re-

gardait tout cela d'un œil stupide. Barnave prêtait
l'oreille au silence qui venait du côté de Varennes.
Moi, je ne sais pas comment il se fait que je me
souvienne de tous ces détails.

Oh! c'est que la position était horrible! Ce vers
d'Horace, cette terreur maternelle à côté de nous,
et là-bas, la foule!

Tout à coup par la fenêtre ouverte nous voyons
Castelnaux qui passait sa tête.

La tête de Castelnaux! l'œil sanglant, la bouche
ouverte, les cheveux pendants, tout empreinte de
cet effroi que jette la mort quand elle est lente à
venir.

Cette tête se balançait au hasard. Penchée, elle
voltigeait autour de la tête de Barnave. Elle voltigeait, poussée par je ne sais quel caprice bizarre,
sans rien dire, sans rien voir, muette, se balançant
joyeusement à tout prendre : jamais tête d'homme
ne s'était balancée ainsi.

Je crus que Castelnaux était devenu fou tout
à fait.

Or cette tête était coupée, et l'homme qui la
portait au bout d'une pique s'était assis au bas de
la fenêtre à côté de la femme crucifiée ; il était bien
aise de se reposer un peu, et, pendant qu'il parlait, la tête de Castelnaux allait çà et là, noncha-
lamment, comme une girouette par un vent faible

et douteux. Vous ne sauriez vous imaginer quelle
était cette étrange habitude de couper ainsi les
têtes et de les placer au sommet des piques comme
les Romains y plaçaient une botte de foin.

Castelnaux! Castelnaux! parfaite image de l'antique fidélité! Castelnaux, vieux sujet d'autrefois
qui meurs et qui reviens mort faisant cortége aux
côtés de ton roi malheureux! A la vue de cette
tête coupée, Barnave se sentit mourir.

Cela fut si fort que l'Horace tomba des mains
du savant, que la mère oublia sa fille, et l'homme
aux insectes son papillon à tête de mort.

Moi je m'élançai hors de la fenêtre, je criai:
« Au crime! » et cette avant-garde qui se reposait
haletante comme le tigre repu, je la tirai de son
repos.

Alors si vous eussiez été là, vous l'eussiez entendue rugir, cette foule: « A la lanterne! à la lanterne! à la lanterne, l'Autrichien! Mort à l'Allemand! » Disant cela, la foule s'était levée, elle avait
oublié même le roi et la reine. « A la lanterne
l'Autrichien! » Et la tête de Castelnaux, tout à
l'heure si nonchalante, s'agitait terriblement, ac-
cusant toutes les passions de la foule. Qui eût dit
à Castelnaux qu'il serait un jour l'expression de
la colère populaire? mais aussi qui l'eût dit à Barnave? La tribune pour Barnave ne fut-elle pas une

espèce de pique sur le haut de laquelle est fixée
une tête que le peuple agite à son gré?

A cet instant je me crus perdu : si la colère du
peuple se fût quelque peu calmée, j'étais un homme
mort. Mais cette fois je n'eus pas peur, moi toujours si tremblant. Je voulus en finir au moins
une fois avec cette populace qui venait de tuer
Castelnaux! je voulus une fois au moins la regarder en face et la mépriser à mon aise, cette ignoble
foule qui était devenue la nation. Je m'avançai
vers la fenêtre et je la regardai avec ce profond
mépris qu'elle comprenait si complétement et si
bien, et qui l'eût poussée aux dernières violences,
n'en doutez pas. En un mot, j'étais perdu et déchiré, moi aussi, si tout à coup le torrent qui venait par derrière ne se fût fait place violemment,
chassant devant lui cette colère, pour faire place à
sa colère à lui, comme la vague fait place à la vague. Je fus sauvé par la voiture qui ramenait au
pas le roi et la reine dans leur prison.

Cette voiture fit halte sur la place, devant l'église
dont la croix était abattue. La reine demanda à
boire et elle but la dernière, après son mari et ses
enfants; et pour la jeune villageoise qui reprit la
coupe de ses mains elle trouva encore un sourire.
Elle était donc là-bas sous ce soleil! Autrefois,
quand le clocher de l'église était debout, il y avait

de l'ombre à cette place, une ombre crénelée et
gothique, au-dessus de laquelle s'agitait la cloche
villageoise. Plus d'ombre à présent qu'il n'y a plus
de roi. Cela dura longtemps ainsi, on changeait
les chevaux de la voiture. Nous voyions tout cela
de bien près.

Quand Hélène aperçut sa royale maîtresse au
soleil, brûlée et protégeant de ses bras son cher
enfant, elle poussa un cri, et elle voulut sortir ;
mais la foule était grande à la porte de la rue. Il
était impossible d'ouvrir la porte, la foule nous
tenait prisonniers comme dans une tour. Hélène
revint à la fenêtre, tendant ses bras à la reine, qui
ne la vit pas.

Alors cette femme, éperdue, hors d'elle-même,
s'élança sur Barnave : « Monsieur, monsieur, lui
dit-elle, voilà votre proie, voilà la reine ; elle vous
attend, elle est à vous ; allez la prendre ; mais par
pitié, faites-moi prisonnière aussi, prisonnière
avec la reine, je suis à elle ! Monsieur, hâtons-nous !
Monsieur, tirez-moi d'ici, si vous pouvez ; sortez
d'ici, je sortirai avec vous ! Partons ! partons ! partons ! »

Barnave hésitait, il chancelait ; sa proie l'attendait, et il n'osait plus la regarder en face, il
n'osait plus toucher à ce présent que lui faisait
le peuple. Voici la reine et le roi, et leur fils

et leur fille, et leur sœur : tout cela est à toi, Barnave ; prends-donc tout cela, Barnave ! c'est ton
bien, c'est ta gloire ; ton but est rempli, à toi, ta
vie est accomplie ! Triomphe, Barnave ! le char, est
prêt, monte dans le char, et traîne Paul-Émile
aux Romains. Tu sais bien ce que les Romains
en feront ! »

J'entraînai Barnave. « Venez, Barnave ! soyez
homme encore un fois ! soyez le maître encore une
heure ! Ouvrons-nous un passage dans cette foule ;
la reine nous attend, ne la faisons pas attendre au
grand soleil. Venez, Barnave ! venez, ma cousine !
venez, retournons à Paris, nous aussi, dussions-
nous y rentrer comme Castelnaux ! »

Nous partions ; nous étions à la porte, tous les
trois, cherchant à l'ouvrir ; mais contre la porte se
tenait une masse inerte. Essayez donc de la remuer,
cette masse occupée à regarder une révolution qui
passe pour la première fois !

Tout à coup (hélas ! malheureux que j'étais,
j'oubliais ma mère !), tout à coup je vis ma mère
debout devant moi. Attirée par le bruit, elle
se tenait sur la porte de sa chambre, et elle regardait.

Hélène, voyant ma mère, se retourna vers moi,
et elle me dit d'un ton résolu : « Abandonnerez-
vous votre mère, Fréderic ? »

Elle alla à ma mère. « Madame la comtesse, ordonnez à votre fils de rester ! »

Ma mère s'approcha de moi, elle prit mes deux
mains, et elle se tint à genoux, baignant mes mains
de ses larmes.

Je sentis les larmes de ma mère qui coulaient,
et sur mes mains sa bouche desséchée.

Alors Barnave eut pitié de moi.

« Frédéric, me dit-il d'une voix forte, Frédéric, vous avez mal pris votre temps pour venir en
France. Vous n'êtes pas tenu d'y retourner, heureusement ! Vous appartenez à votre mère ; laissez-
nous partir nous deux, Hélène et moi. Hélène est
à la reine, je suis au peuple. Laissez-moi remplir
mon devoir de député, à elle son devoir d'amie.
Vous n'êtes rien en France, Frédéric, ni juge, ni
bourreau, ni victime : dans quel dessein et de quel
droit y resteriez-vous ? »

Puis, d'une voix plus douce : « Frédéric, il y a
longtemps que tu ne reconnais plus Barnave,
n'est-ce pas ? Eh bien, sois bon ; ouvre tes bras,
dis adieu à Barnave ! pleure sur Barnave le triom-
phateur, comme tu dis, Frédéric ! »

Et il se jeta dans mes bras en suffoquant.

Alors, penché à mon oreille, et parlant tout bas :
« Écoute, dit-il, tu m'as promis de quitter la France
quand je t'aurais montré la femme que tu cher-

ches. Plus d'une fois tu m'as dit à moi : « Barnave,
« je n'ai plus qu'une chose à faire en France, un
« baiser à donner, Barnave, un seul baiser, et je
« pars ! » Tu m'as dit cela souvent, Frédéric ; tu
me l'as juré sur ta parole de gentilhomme. Eh
bien ! je te somme de tenir ta parole. Ne va
pas, ne va pas courir le sort de Castelnaux ! Ne
va pas te faire attacher sur le siège de cette voiture : ne va pas exposer la reine à de nouvelles
horreurs. Reste ici, près de ta mère, qui meurt si
tu la quittes. Retourne en Allemagne prier Dieu,
et, à ce prix, tu verras Élisa, si tu veux ! »

A ce nom d'Élisa, je relevai ma mère qui était
restée à mes pieds.

« Élisa ! dis-je à Barnave ; où est-elle, Élisa ? »

Barnave me montra du doigt ma cousine qui
tressaillit, puis il fut à la porte pour se la faire
ouvrir.

On ouvrit la porte à la fin. Une haie se forma
pour laisser passer le commissaire de l'Assemblée
nationale. Barnave revint à nous, et me voyant
encore immobile près d'Hélène qui demeurait les
yeux baissés.

« Que fais-tu donc ! me cria-t-il. A ses lèvres !
à ses lèvres ! à ses lèvres, jeune homme ! Le peuple
attend ! touche ses lèvres ! complète ton seul moment de bonheur, Frédéric ! Regarde-moi, regarde

comme on est heureux; regarde, jeune homme :
moi aussi je suis complet ! »

Disant cela, il souriait d'une manière étrange,
et on eût dit le sourire de Castelnaux au bout de
sa pique !

J'étais hors de moi. J'allais embrasser Hélène,
quand mes yeux se portèrent sur trois personnages
qui me regardaient aussi : le savant, le naturaliste
et la mère.

Je me sentis rougir, et j'eus honte de ma ressemblance avec eux.

Je me retournai vers Barnave.

« Partez, lui dis-je, partez, Barnave ! Partez,
Élisa; Élisa, je vous embrasserai dans le ciel ! »

Et j'embrassai ma mère, qui était glacée d'horreur.

Hélène s'était retournée vers moi avec une ineffable expression de repentir et d'amour. Mon Dieu,
qu'elle était belle, mon Élisa ! Quelle attitude hu-
miliée et gracieuse ! Oh ! lui dis-je sans la laisser
parler, je sais tout ce que tu as à me dire. Nous
sommes, toi et moi, les victimes de ce siècle cor-
rompu. Nous avons le reste de notre vie pour
expier ce cruel bonheur, Élisa ! mais le compléter
ici, à cette heure, en présence de cette voiture, jamais, ma cousine, jamais ! Si vous mourez, si je
vous perds, je veux vous regretter toujours. »

Alors, Barnave, voyant la foule impatientée, entraîna mon Élisa loin de moi.

J'eus assez de force pour me traîner jusqu'à la fenêtre de l'auberge. Je vis passer la fatale voiture. Pétion était assis dans le fond, à la place d'honneur, à côté de la reine ; Barnave était devant la reine, les yeux baissés. A le voir humilié et abattu, à voir la reine, le visage calme et serein, on eût dit que c'était la reine qui s'emparait de Barnave. Je me levai, et je fis un profond salut quand la reine passa.

Une seconde voiture suivait la voiture de la reine : c'étaient les femmes de Sa Majesté ! Quand cette voiture passa devant moi, je crus voir une main qui m'envoyait de loin le baiser des derniers adieux.

Tout disparut, la reine, le roi, Barnave, le peuple, Élisa, mon amour incomplet, l'homme aux papillons et la mère de famille, tout cela, vice ou vertu, innocence ou crime, emporté dans le tourbillon.

Et moi, qui aurais eu ma place aussi dans ce gouffre, à côté de la reine, de Barnave et d'Élisa, je restai seul avec ma mère.

Quel immense sacrifice je vous ai fait ce jour-là, ma mère !

CHAPITRE LXXIII.

LE RHIN.

> Ils ne dorment point, je les vois
> assis sur ce rocher, formant un
> groupe frappé de crainte.
>
> GRAY.

Nous ne nous arrêtâmes que sur les bords du Rhin, ma mère et moi. En passant à Varennes, je revis l'ornière où ma voiture s'était brisée en venant en France! A cette même ornière s'était brisée la monarchie de France. Moi je m'y étais blessé seulement. Pour que la royauté de Louis XVI versât au même lieu où j'avais versé, il fallait que cette royauté fût bien faible! Qui que vous soyez, parcourez lentement l'espace étroit qui sépare le pont de la ville : ni les rivages d'Actium, ni les champs de Philippes, ni la fertile plaine d'Ivry, ni aucun de ces lieux solennels que consacrent la chute ou la grandeur des empires, n'ont, à mon sens, un intérêt égal à l'intérêt que m'inspire encore cette borne fatale où le petit-fils de Louis XIV s'avoua vaincu et fugitif, où il fut décidé, irrévocablement décidé, que la France, elle aussi, aurait son Charles Stuart. La monarchie, tombée dans l'ornière, ne trouva pas une main tendue pour la secourir ; moi, j'avais trouvé à cette place le bras et le secours de la jolie villageoise Fanchon. Après ce long voyage, je retrouvai Fanchon assise encore sur le banc de ses noces, son chapeau sur le côté de la tête, comme si elle m'attendait.

Je n'eus pas la force de lui parler. Je la vis qui nous suivait d'un regard inquiet et plein de larmes, comme si chaque voiture qui passait sur la route eût dû contenir un roi fugitif. Bonne Fanchon ! ce regard de pitié me réconcilia avec elle. La voyant si triste à cette place, j'oubliai toute sa cruauté envers moi.

Arrivé à la frontière, le Rhin passé, ma mère toujours abattue et muette d'effroi, je résolus d'attendre sur les bords du fleuve des nouvelles de la France. Je suis resté longtemps, attentif aux moindres bruits qui venaient de la France, dans mon château des bords du Rhin !

J'aime le Rhin ; c'est le fleuve par excellence,

c'est le fleuve de mon choix. J'ai vu le Rhône, va-
gabond et capricieux comme le génie de la France;
j'ai vu la Loire quand elle est belle, quand elle
foule à pleins bords, patiente et marchant lentement, comme le récit d'un vieux trouvère de la
Bretagne; la Seine aussi a son embouchure royale;
mais le Rhin a ses vieux châteaux sur ses deux
rives; il a ses villes crénelées, il a ses bois qui le
couvrent. Moi je vis sur les bords du Rhin: c'est
quelque chose de français et d'allemand, qui me
rappelle à la fois toute l'histoire de ma vie. J'aime
le Rhin et j'habite ses bords, témoins de tant d'em-
barcations diverses. Si c'est l'été, je vais plonger
dans l'ombre des vieux murs et des tours qui le
bordent. Qu'il fait bon chercher sous son eau le
secret de ses ruines, suivre sur les flots ces seuils
et ses balcons qui ruissellent et murmurent, et
s'éloignent toujours jusqu'au fond de son lit! Si
c'est l'hiver, je m'asseois dans la barque des pê-
cheurs, et j'étudie mon fleuve sous le nuage glacé:
car je le connais à toute heure: le matin, quand il
s'éveille en grondant comme un peuple oisif; le
soir, quand il s'endort avec la cornemuse des
veilleurs.

Parcourez ses bords. Que de monuments debout
encore! que de champs de bataille ensemencés
déjà! Partout ce sont des moissons ou des cathé-

drales qui jettent leurs ombres sur ces champs en-
graissés par les ossements mêlés des Allemands et
des Français. Les flèches de Cologne, de Bonn, de
Mayence, de Worms, de Spire, de Strasbourg, ces
forêts de pierre, protégent toujours ce sol si foulé
par les pieds des bataillons. Ces vastes champs de
houblon, qui grandissent pour les solennelles orgies des étudiants de l'université voisine, ils ont
été parcourus par la révolution française. Le pas
des soldats français retentit encore dans ces campagnes, où l'histoire se mêle à la fiction. Je vois
encore passer sur la même route le coursier de
Bonaparte et l'attelage aux quatre chevaux d'Her-
mann et Dorothée. Le même écho m'apporte les
cris de guerre et les sons du clavecin sous la main
du maître d'école, ou le bruit des chœurs qui s'in-
terrompent en tombant dans les prés. Toute l'histoire que j'ai vue finir dans ma jeunesse, vieillard
je l'ai vue recommencer sur les mêmes bords. La
tête tranchée de Marie-Antoinette, notre archiduchesse, n'a pas empêché, vingt-cinq ans plus
tard, une archiduchesse jeune et belle de passer
le Rhin, elle aussi, pour aller chercher en France
un mari et un trône. Les leçons du passé ne pro-
fitent pas au présent: j'aurais pu avertir cette autre archiduchesse allemande du danger que les
reines couraient là-bas; mais elle ne m'eût pas

écouté. Triomphante, elle passa le Rhin soumis ;
plus tard, elle repassa en fugitive le Rhin qui s'était
révolté. L'histoire, vain jouet d'enfant !

Nous avons eu cela de bon chez nous, c'est que
jusqu'à présent toute l'histoire moderne a été faite
à notre profit. L'Allemagne a tenu l'étrier à la
France, comme moi je l'ai tenu à Mirabeau ; l'Allemagne a été rêveuse comme moi. Quand toute
l'Europe faisait de l'histoire, et une histoire sanglante, en vérité ! l'Allemagne faisait de la poésie
et du drame ; mais aujourd'hui, avant de mourir
il m'a été donné de voir encore une révolution en
France, comme si la France avait le monopole des
révolutions : révolution qui frappera cette fois sur
l'Allemagne et qui troublera bien autrement ton
onde, mon beau fleuve ! Nos villages sont encore
en apparence ce qu'ils étaient il y a sept mois,
peints de bleu et de rouge et de toutes les couleurs
tranchées d'une moissonneuse au jour de fête :
mais au dedans combien tout est changé ! Sous ces
toits aigus, derrière ses vitraux de plomb, les
hommes ne s'abandonnent plus uniquement à la
fumée des tabagies ; ballottés jour et nuit entre deux
civilisations puissantes, le Nord et le Midi, l'Allemagne et la France qui les tiraillent à chaque
instant, ils songent à prendre un parti définitif. Il
ne s'agit pas pour eux d'un drapeau nouveau, il

faut choisir cette fois entre deux races, deux climats, deux mondes ! Sans doute il est grand l'effroi qu'on a de voir le noyer qu'on a planté, le bois et le champ paternel, émondés par la mitraille et les pas des chevaux, et pourtant c'est une des nécessités de l'Allemagne de se soumettre à ces révolutions qui ne s'arrêtent pas. La résistance de l'Allemagne à la première révolution française a été belle, mais il faut qu'elle cède à la seconde. A l'insu même de l'Allemagne, l'attraction muette de la France s'exerce sans relâche sur ses pacifiques destinées. Désormais, malgré tous les obstacles, les deux climats sont jetés dans le même avenir.

J'ai vu sur ces bords toute l'émigration française. C'était une grande honte pour cette vieille noblesse qui fuyait son pays, vagabonde et tremblante, abandonnant son roi prisonnier. Cependant tous ces frivoles gentilshommes, tournant le dos à la France, se livraient à la plus folle gaieté, et comme s'ils eussent fait à l'étranger un voyage de quelques jours. De toute cette noblesse perdue, je n'ai vu qu'un homme qui comprît toute sa position.

Un matin, j'étais ce jour-là plus inquiet que jamais de la France, et je m'en approchais de toutes mes forces, car la tempête grondait au loin, je vis

venir à moi un gentilhomme français qui paraissait accablé de fatigue. Les marches forcées, l'in-
somnie, la privation de tout ce qui faisait sa vie
d'autrefois, ne l'avaient pas tellement défiguré que
je ne pusse reconnaître le vicomte de Mirabeau.
A cette vue, je me sentis saisi d'une profonde pitié. Il vint s'asseoir à côté de moi, triste et silencieux, cet homme si vivant et si jovial, ce brusque
et hardi parleur, si plein de joie et de gros bons
mots. Lui si fier et si brutal, dont la voix était
connue dans tous les lieux consacrés à la bonne
chère et au bon vin, il demanda modestement « de
quoi manger un morceau, car il n'avait rien pris
depuis vingt-quatre heures; » disant cela, il pous-
sait le soupir plaintif d'un homme à jeun de la
veille. Ce ne fut que quand il eut bu lentement
une bouteille de vin du Rhin que je me hasardai
à lui parler.

« Me permettrez-vous, monsieur le vicomte, de
vous demander des nouvelles de la France? Nous
sommes dans des inquiétudes mortelles ici. »

Il parut étonné de ma politesse, et, sans répondre
directement à ma question : « Puisque vous osez
donner ses titres à un gentilhomme, appelez-moi
comte de Mirabeau, me dit-il : je suis le comte de
Mirabeau ici; là-bas, je ne suis plus que le citoyen
Riquetti, en veste courte, en bonnet rouge et en

gros souliers. » Disant ces mots, il soupira profondément, regardant la bouteille vide, et attendant le déjeuner qu'il avait demandé.

« Et le roi, monsieur le comte? comment va le
roi, je vous prie? »

Il me regarda d'un air défiant; puis, sa sérénité
naturelle reprenant le dessus : « Figure-toi, citoyen... c'est-à-dire figurez-vous, Monsieur, que
les infâmes jugent le roi demain! »

En même temps, il plaçait son sabre sur la table,
il ôtait son chapeau, il s'essuyait le visage, il faisait tous ses préparatifs comme un convive qui se
rend à un repas convié. Puis, son regard venant à
rencontrer la table nue et la chaise de paille, et
moi qui l'observais, il songea à sa situation présente et reprit en ces mots :

« Jugez de tout ce qui se passe là-bas, Monsieur!
Les cheveux de la reine ont blanchi en vingt-
quatre heures : c'est pitié maintenant de la voir,
cette reine, notre amour et notre orgueil, la figure
entourée de cheveux blancs, surprise par la vieillesse avant l'âge, comme l'amandier en fleur par
une gelée de printemps! »

Quand il eut dévoré le maigre repas qu'on lui
apporta, la première faim calmée, son visage devint plus serein : il prit l'attitude d'un homme qui
digère; et, voyant que je l'écoutais de toute mon

âme, il reprit la conversation interrompue.

« Il est passé le temps où, quand l'étranger demandait au passant : « Où demeure le vicomte de « Mirabeau? » le passant lui répondait gravement: « A ce monceau d'écailles d'huîtres, Monsieur. »

Il soupira, puis, revenant à une expression plus grave :

« Je vous demande en grâce de ne pas me parler de la France, me dit-il. Malheureux pays! si beau autrefois, Monsieur, si riche, si fertile, où les femmes étaient si belles et les vins si choisis! A présent vous ne reconnaîtriez pas la France. Tout cela, parce qu'il a plu à mon frère de se faire marchand drapier. »

Il plaça sa tête dans ses deux mains, puis il se leva brusquement :

« Comme ils l'ont récompensé, mon frère! Figurez-vous, Monsieur, qu'ils l'avaient mis dans l'église Sainte-Geneviève. La vierge sainte avait fait place à l'amant de Sophie : dérision! Mais le cadavre a gardé son temple moins longtemps que la sainte elle-même. Le peuple a repris à Mirabeau le tombeau qu'il lui avait donné; ils ont brisé sa pierre et son épitaphe et l'urne lacrymale; ils ont repris ce corps en pourriture; ils l'ont traîné sur la claie, après quoi ils l'ont jeté à la voirie! Ainsi s'est accomplie la vie de mon frère! Prisonnier et

roi, Dieu et pourriture, à l'autel et à la voirie !
Son sort est le même durant sa vie et après sa
mort ! »

A ce nom de Mirabeau, je me sentis presque
aussi ému que je l'avais été à celui de la reine.
Mirabeau, mon héros à moi, mon ami, mon maître à moi, moi qui lui avais voué un dévouement
même domestique, j'allais parler de Mirabeau à
son frère, quand un jeune homme, poussé par le
même instinct que moi, vint, sur les bords du
Rhin, s'asseoir à nos côtés.

A peine placé, il aborda sur-le-champ la grande
question : « Quelles nouvelles de la France, Messieurs ? » Puis il ajouta sans trop hésiter : « Comment va la reine ? »

Nous comprîmes tout d'abord, le vicomte de
Mirabeau et moi, que cet étranger était de nos
amis.

Ce jeune homme était un Allemand de la vieille
race. Son œil de feu était amorti par le génie, sa
taille était déjà légèrement courbée vers la terre,
sur laquelle il ne devait pas rester longtemps.

Je lui répondis, charmé de le voir à mes côtés :
« La reine est en prison, Monsieur ; ses cheveux
ont blanchi dans l'espace d'une nuit, à force de
tourments.

— Je l'ai vue bien belle, Messieurs, nous dit le

jeune homme; j'avais quatre ans alors; je men-
diais ma vie; j'allai tendre la main en France: en
France, il n'y eut que la reine qui me fit l'aumône
d'une louange à moi enfant, à la prière de Haydn
et au souvenir du vieux Gluck! »

Le vicomte de Mirabeau nous voyant, le jeune
homme et moi, tout remplis d'une vague curiosité, nous prit tous les deux par la main: « Je vous
répète que je ne vous dirai pas un mot de la
France! Mais voulez-vous savoir ce que j'ai vu
avant de quitter Paris, Messieurs? C'est une plaisante histoire, sans contredit, et si vous êtes poëte,
jeune homme, comme je le crois, dit-il au nouveau venu, vous pourrez en faire une bonne comédie un jour. »

Le vicomte était retombé dans une de ses gaietés
d'autrefois, mais celle-ci était empreinte d'une indicible tristesse : c'était le sourire d'un homme
frappé à mort.

« Figurez-vous, nous dit-il, que le même jour
sont revenus de Londres la du Barry et le duc
d'Orléans, comme un honnête tauréador qui veut
assister à un combat de taureaux. Arrivés à Paris
à la même heure, le prince et la courtisane se
rencontrent à la même porte de la ville. Les voilà
qui se font politesses à qui passera le premier.
« C'est à vous d'entrer, Madame, qui avez jetez la

« monarchie dans le désordre! — C'est à vous,
« Monseigneur, qui avez vendu le roi et la reine! »
Et voilà ces deux crimes qui se complimentent à
qui mieux mieux. Il faut avouer que Son Altesse
est bien modeste! Nos deux crimes seraient encore
à la même place à se complimenter si le duc n'a-
vait pas eu à voter la mort du roi : vous concevez
qu'il se soit hâté! »

Notre jeune homme écoutait cela tout étonné.
« Mais, dit-il, je croyais que le plus criminel là-
bas, c'était Mirabeau, celui qui est mort. »

Le vicomte, hors de lui-même, leva les mains
au ciel. « Oui, s'écriait-il, le plus scélérat, c'est
Mirabeau! Honte à lui! honte à Mirabeau, celui
qui est mort! malédiction sur Mirabeau!

— Oh! lui dis-je, ne maudissez pas Mirabeau!
Mirabeau a été pardonné par la reine; j'ai vu Mirabeau aux pieds de la reine, moi qui vous parle.
Mirabeau vaincu par la reine! Silence donc à vous,
jeune homme! Silence à vous, son frère! Mirabeau est mort innocent. Il est le seul qui ait compris son époque. Vous ne l'avez pas plus comprise,
vicomte, que Marat lui-même ne l'avait comprise.
Bénissez donc le nom de votre frère, loin de maudire ce nom, comme le vulgaire. Soyez-en fier, sur
ma parole; rendez tous vos respects à votre frère;
rendons dans notre cœur son temple à Mirabeau! »

Le vicomte se découvrit, ses yeux étaient mouillés de larmes : « Vous me soulagez d'un grand malheur, me dit-il, et d'un grand doute. A présent, je puis mourir avec le nom de mon frère ; à présent je mourrai gentilhomme, à présent je puis mourir ! »

Il se leva. Il reprit son sabre sur la table, il le remit à sa ceinture. « J'ai sur le flanc une blessure que m'a faite Barnave, un coup d'épée qu'il m'a donné dans ses beaux jours, et qui me fait toujours souffrir ; pourtant j'imagine que j'aurais rendu un grand service à Barnave si je l'avais tué ce jour-là. Pauvre Barnave ! que d'honnêtes gens se sont perdus dans ce gouffre, sans me compter ! » Disant cela, il prit congé de nous deux en homme qui se fait violence ; il prit ma main et celle de l'étranger. « Je m'appelle Mirabeau, nous dit-il. *Dieu sauve le roi et la reine !* »

Le jeune homme répondit modestement : « *Sauve Dieu la reine et le roi !* Je m'appelle Mozart. »

Je dis avec eux : « *Sauve Dieu le roi et la reine !* » Nos adieux furent une prière. Je priai aussi pour vous, Élisa ! mais je la fis tout bas, cette prière ; je priai dans mon cœur. Quant à mon nom, je n'osai pas le dire après ceux de Mirabeau et de Mozart.

Nous nous séparâmes tous trois pour ne plus nous revoir.

Chacun d'eux finit comme il devait finir. Le gentilhomme mourut de misère, l'artiste mourut d'ennui, victimes tous deux de la révolution.

Et moi, homme indécis, resté seul de ce grand naufrage, errant autour du Rhin, ombre vieille et grondeuse, je m'aperçois que je viens de vous faire un conte allemand à mon usage, qui finit comme tous les vieux contes français commencent : *Il y avait autrefois un roi et une reine.*

Pardonnez-moi !

FIN DU TOME SECOND.

TABLE

Pages.

Chap. XXXV. Poésie   I

— XXXVI. Le Jeu   9

— XXXVII. Le Nouveau Venu   17

— XXXVIII. La Tribune   22

— XXXIX. Résolution   39

— XL. La Diligence   43

— XLI. Souvenirs.   47

— XLII. Commencement du roman   49

— XLIII. L'Encrier   53

— XLIV. Récit   61

— XLV. Le Crétin   69

— XLVI. Post-scriptum   77

— XLVII. Sterne   81

— XLVIII. Définition   87

— XLIX. Découragement   97

— L. La Défaite 109

— LI. Saint-Cloud 127

— LII. Au revoir 143

— LIII. Déception 147

— LIV. Explications 153

— LV. Mort de Mirabeau 163

— LVI. Agonie 169

— LVII. Dévouement 173

	Pages.
CHAP. LVIII. Deuil	179
— LIX. Adieux	187
— LX. Fuite	191
— LXI. Suite	195
— LXII. La Fuite	201
— LXIII. Désespoir	209
— LXIV. Visions	215
— LXV. Explications	221
— LXVI. Halte	231
— LXVII. Imprécations	239
— LXVIII. Commencement de la fin	247
— LXIX. Repentir	257
— LXX. Tumulte	263
— LXXI. Fin du roman	273
— LXXII. Fin de l'histoire	281
— LXXIII. Le Rhin	295

A PARIS

DES PRESSES DE D. JOUAUST

Imprimeur breveté.

RUE SAINT-HONORÉ, 338

ŒUVRES DIVERSES DE JULES JANIN

Les *Œuvres diverses de Jules Janin* se composent de 12 volumes, savoir :

L'Ane mort . . . . 1 vol.	Critique dramatique . 4 vol.
Mélanges et Variétés. 2 vol.	Correspondance. . . . 1 vol.
Contes et Nouvelles. 2 vol.	Barnave . . . . 2 vol.

Outre le tirage ordinaire, il a été fait un TIRAGE D'AMATEURS, composé de :

3oo exemplaires sur pap. de Hollande à 7 fr. 5o; — 25 sur pap. Whatman à 15 fr.; — 25 sur pap. de Chine à 15 fr. — *Chaque volume est orné d'une* GRAVURE À L'EAU-FORTE PAR ED. HÉDOUIN, réservée spécialement pour ce tirage.

Les *gravures* se vendent *séparément*.

Prix de chaque épreuve . . . . 3 fr.

La collection des douze *gravures avant la lettre*, sur papier Whatman ou papier de Chine, format de l'ouvrage . . . . 60 fr.

La même, sur papier de Hollande ou sur papier de Chine. *Format in-8°* . . . . 75 fr.

A la suite des *Œuvres diverses*, nous publierons en 2 vol., dans les mêmes conditions de tirage et de prix :

HORACE, TRADUCTION DE JULES JANIN

Nous préparons également la réimpression d'une des productions les plus originales et les plus rares de J. Janin :

DEBURAU, HISTOIRE DU THÉATRE A QUATRE SOUS,

ainsi que plusieurs autres volumes choisis dans ses œuvres les plus remarquables.

Juin 1878.